U0749565

余华与海盐

周伟达 著

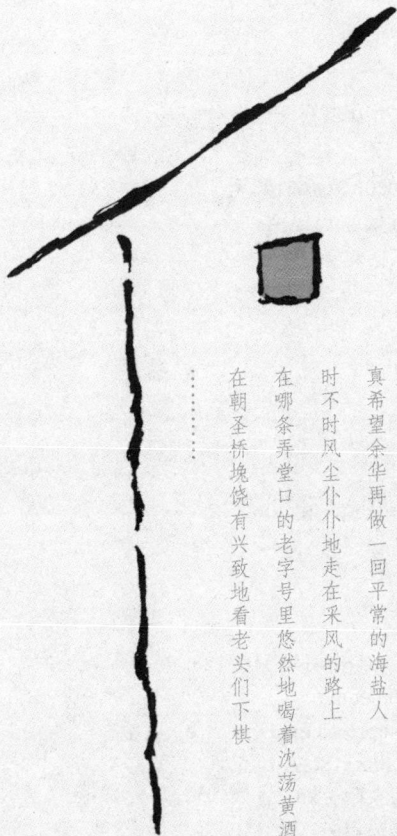

真希望余华再做一回平常的海盐人
时不时风尘仆仆地走在采风的路上
在哪茶弄堂口的老字号里悠然地喝着沈荡黄酒
在朝圣桥堍饶有兴致地看老头们下棋

浙江工商大学出版社
ZHEJIANG GONGSHANG UNIVERSITY PRESS

·杭州·

图书在版编目（CIP）数据

余华与海盐 / 周伟达著. — 杭州：浙江工商大学
出版社，2020.9（2020.12 重印）
ISBN 978-7-5178-4081-7

Ⅰ．①余… Ⅱ．①周… Ⅲ．①中国文学－当代文学－
作品综合集 Ⅳ．① I217.2

中国版本图书馆 CIP 数据核字（2020）第 165103 号

余华与海盐

YUHUA YU HAIYAN

周伟达 著

出 品 人	鲍观明
责任编辑	何小玲
责任校对	刘 颖
封面设计	尚俊文化
责任印制	包建辉
出版发行	浙江工商大学出版社
	（杭州市教工路 198 号　邮政编码 310012）
	（E-mail: zjgsupress@163.com）
	（网址：http://www.zjgsupress.com）
	电话：0571-88904980，88831806（传真）
排 版	杭州尚俊文化艺术策划有限公司
印 刷	杭州佳园彩色印刷有限公司
开 本	880 mm×1230 mm　1/32
印 张	7
字 数	136 千
版 印 次	2020 年 9 月第 1 版　2020 年 12 月第 2 次印刷
书 号	ISBN 978-7-5178-4081-7
定 价	48.00 元

版权所有　翻印必究　印装差错　负责调换

浙江工商大学出版社营销部邮购电话　0571-88904970

序 一

孙良好

　　一个人有所痴比无所恋要可爱很多。我相信有所痴的人不会让自己的人生飘来飘去，无所依傍。我的学生周伟达就是一个有所痴的人，他痴迷于文字，进而痴迷于那个让平常文字产生神奇魔力的余华。他是土生土长的海盐人，余华笔下有他熟悉亲切的海盐景观、海盐人物和海盐故事，于是他的痴迷就有了一个恰到好处的落脚点，《余华与海盐》的出现自然而然。

　　一路读下来，这本小书前半部分的文字朴实得犹如我们熟悉的乡间小路，伟达把余华在海盐的生活时空一一勾勒出来，并在相应的作品中一一落实，几乎没有任何修饰，只是偶尔发一点小小的感叹。到了后半部分，对5部长篇小说的解读成了他关注的焦点，其中关于《在细雨中呼喊》和《许三观卖血记》的论述依然致力于寻找其中的海盐因子，关于《活着》《兄弟》和《第七天》的论述则潜心探究时代和人性的丰富与复杂。

作为20世纪60年代出生的最具代表性的中国作家，余华在中国当代文学研究界备受瞩目，相关研究论著堪称丰厚，伟达这本小书跻身其间注定不会光彩耀眼，但其看似寻常的本土性价值却不可替代。也许细心的读者会发现书中有些叙述和摘引存在重复，有些论说和评点浅尝辄止，但我相信这是既热爱余华又热爱海盐的伟达最真实的表达。

2009—2013年，伟达求学于我供职的温州大学，在读期间就喜欢写点东西，并曾出任《温大青年》的主编。我和他的深入交往是因为他所热爱的余华，那时他要选择余华作为毕业论文的研究方向，希望我帮忙从诸多的余华研究中寻找合适的选题并指导他写作。我对本科生的论文写作有一个基本的倾向性要求，就是希望他们选择自己热爱的一个或多个经典作品进行文本细读，在细读中获取属于自己的独特体验并形诸文字。基于此，我就建议伟达选择余华的近作《兄弟》来研读，一是这个作品自诞生以来褒贬不一，二是他对这个作品有感觉。我们反复磋商之后，他决定以欲望、受难和救赎作为关键词来解读《兄弟》，我认为这3个词切近作品本体且能触及人性深处，本书中的《喧嚣欲望下的受难与救赎》一文可以算是我们师生共读《兄弟》的结晶。

伟达毕业后返乡去了嘉兴日报社海盐分社，由于大学期间有办刊经验，他很快就进入角色并干得不亦乐乎。当年9月，他来电邀我去海盐的张元济图书馆做客"涵芬讲坛"讲讲余华，我略加思索就答应了，一则觉得不好拂却他的盛情，二则余华作品中的海盐也吸引着我。讲座安排在10月27日，此前我刚好在马来西亚出席世界华文文学研讨会和世界诗人大会，飞机从吉隆坡抵达上海浦东的时间是凌晨，伟达不辞辛劳专程从海盐来机场接我的情景记忆犹新。当天下午，我以"余华的意义"为题讲了余华之于嘉兴（海盐）、浙江、中国、世界的独特意义，希望海盐人"好好珍惜余华"！讲座结束后，伟达带我参观绮园、走访杨家弄……因为当晚要赶回温州，以便第二天清晨参加英年早逝的同事陈建光的遗体告别仪式，所以这一次的海盐行步履匆匆，未及细细品味余华笔下的海盐、伟达热爱的海盐。这一回细读伟达这本《余华与海盐》，算是一次深入其间的"纸上旅行"。唯愿读者诸君和我一样，会因为这样的"纸上旅行"爱上余华的文字，爱上伟达的文字，也爱上余华和伟达共同热爱的海盐！

2020年8月15日于温州大罗山下

（作者系温州大学人文学院院长、教授，

浙江省中国当代文学研究会副会长）

序 二

林周良●●

　　海盐是杭州湾北岸浙江省的一个江南小县。海盐对外打的三张当代名片是：秦山核电、步鑫生、余华。这三张名片似乎从三个方面说明了海盐的特点：高科技的核电说明千年古县海盐总是与时俱进，充满活力；步鑫生一把剪刀剪开了乡镇工业企业的改革序幕，昭示了海盐人一直以来敢为天下先的性格；作家余华的诞生告诉世人，海盐一直以来钟灵毓秀、人文荟萃。余华的祖籍不是海盐，出生地也不是海盐，但海盐人自信地把余华看成海盐人的骄傲。

　　余华是不是海盐人还得从他父亲说起。

　　在海盐，人们习惯把余华叫"余华"，把余华的父亲叫"华医师"，稍微有点年纪的人不会说"这是余华的父亲"，而是倒过来说"噢，余华就是华医师的儿子么"。"80后""90后"的人才会说："哦，这是余华的父亲。"余华的父亲"华医师"的大名在海盐响了半个世纪。

　　我第一次见余华父亲是2018年的小年夜，当时他老人家已经86岁。见他之前已是久仰大名，在海盐，年龄50岁以上的知道华医师的人远远多于知道余华的。我和华医师在工作上没有交集，也没去他那儿就诊过，所以还是第一次见。余华个子不高，他哥华旭个子也一般，所以我刚见到他父亲时大为惊骇，华医师居然是一米八几的"山东大汉"。我们这里习惯把魁梧的人称为"山东大汉"。一聊，还真是山东人。华医师是典型的"山东汉子"。86岁了还是声如洪钟、目光如炬、腰杆笔直，眉宇间仍然透露着一股英气。华医师那时其实刚动了腰椎间盘手术，但他还是思路敏捷，谈锋甚劲。他很平淡地讲述了自己似乎波澜不惊的丰富经历。

华医师1949年1月参加淮海战役，刚开始是警卫员，后来首长了解到他上过私塾，认得字，于是让他当了卫生兵。过长江时，一炮过来，卫生兵中有个跟他很要好的小战友，死在了他的边上。过了70年，他还能清晰地记得那时的场景，回忆起这事时他突然有一个短暂的停顿，陷入了一种不易察觉的沉思，但他立马自嘲胆大命大，说怕死的人往往容易死。华医师随部队南下，一直打到了福建。

再后来，抗美援朝战争打响了。战争结束后，国家在风景秀丽的浙江建德县（今建德市）的山区成立了一个专门治疗受伤的抗美援朝官兵的康复医院。华医师也被抽调过来。在这里，华医师遇见了余华的母亲余医师。在海盐，人们同样习惯叫余华的母亲为"余医师"。余医师祖籍绍兴，父亲是上海交通银行的襄理，属于有钱人家的小姐，典型的江南女子，身材娇小，性格坚韧，是杭州护校的首届毕业生。待康复医院完成使命后，医护人员被重新分配到各地，华医师到了浙江防疫大队，余医师到了浙江省第一人民医院担任手术室的护士长。华医师、余医师在杭州结婚，1958年大儿子华旭出生，1960年余华出生。想象一下，一家人若是一直快乐地在杭州生活，可能就不会诞生作家余华了，不会有许三观、福贵了。

　　1958年的一个插曲后来改变了这一家子的生活与命运。这年春，华医师被派到海盐指导社教运动。在这期间，华医师筹建了沈荡医院，沈荡镇当时是海盐的第二大镇。活动结束，华医师回到了杭州，旋即被推荐到浙江医科大学读书，1961年毕业。凭着资历与当时的家庭情况，华医师留在杭州是理所当然的事。但海盐靖海门外昼夜不息的涛声似乎在召唤他，华医师决定要到海盐来。估计余华兄弟俩到现在也没整明白当年父亲为何放弃省城到县城。华医师又来到了海盐，好像找到了他的乐土一般，从此他再也没有离开海盐。那时他乘着各式小木船，穿梭于海盐的水网中到各个乡镇出诊。他给余医师写了很有诗意的信，描绘了海盐的种种好处，在他笔下，海盐简直就是人间天堂（大概余华讲故事的基因就来自父亲吧）。余医师是多么信任华医师，也许这份信任与爱来自对华医师的不凡经历与相貌堂堂的崇拜，那个时代崇拜军人，而华医师又是个有知识的长得很帅的军人。余医师一到海盐才知道上当了。时隔一个甲子后，余医师还记得当年整个海盐县城连一辆自行车也没有，就是破破烂烂的一个小镇。余医师现在还嘀咕说是被华医师骗到海盐的，还在懊悔当年怎么这么傻，为什么没来看一看就信了呢。当年海盐县机关里的干部大多是南下干部，南下干部中大多是山东人，华医师1958年在海盐指导社教工作时与这些领导成了朋友，找到了感觉，又有筹建沈荡医院的成就感，再加上当时海盐和全国一样缺医少药，华医师使命感一上来，领导一号召，心就热了，而且华医师本来就是山东的农村娃儿，对县城的城市尺度感觉更好，就这样他发扬了军人作风！2岁的余华从此生活在海盐，在广福桥上撒欢，在杨家弄里追逐，在敕海庙前游泳。余华从此就成了海盐人。

我坚信，海盐滋养了余华的小说。其实海盐原本不是一个小地方，曾经辉煌过，用阿Q的话来说"老子以前也阔过"。县城也繁华了千年，1938年被日军放火烧了九天九夜。等余华母亲带着2个儿子，一出车站，看到的县城已经是个破烂小镇。海盐很古老，在秦始皇统一六国的前一年就建县，当时的面积大约是现在的八九倍，地域包括了现在上海的很大一部分，还有平湖和海宁全境。海盐面山襟海，虽斗绝一隅，古称望县。因"海滨广斥，盐田相望"而得名，是中国历史上产盐最多的县。盐是封建王朝的经济命脉，海盐在历史上的地位可想而知。历史上的海盐十分富裕，古志有云："吴自阖庐、春申、王濞三人招致天下之喜游子弟，东有海盐之饶，章山之铜，三江、五湖之利……"汉王刘濞时"无赋于民。"

海盐也是一个非常包容与开放的地方。明洪武年间海盐人口已经达到26万，"长毛"过后，折损了一半。后来大量的移民进来，即便如此，新中国成立时海盐人口也不到16万，移民中有绍兴人、温州人、河南人、苏北人等等，所以也有点五方杂处的味道，加上1932年通车的沪杭公路贴着县城穿境而过，海盐人出码头习惯到上海，自然就比较开放，虽小但不闭塞。海盐的民风其实也具有多样性，沿海一带都是盐民后代，"素诱鱼盐之利"。历史上盐民被称为"盐丁"，属于半军事化组织，很多是由流犯和流民组成的，"轻死易发"，民风之彪悍可想而知。以澉川为代表的南片，有经商传统，上海开埠后，几乎家家户户都有在上海讨生活的人，所以见多识广；以沈荡、通元为中心的内陆片区，海盐解放后作为稻区，民风淳朴得近乎老实，在城乡二元体制下，被牢牢地钉在土地上。余华羡慕文化馆的几个穿着洋气的"白相客"（方言，意为无所事事的人）整天闲逛，美其名曰"采风"。等到他成为文化馆一员时，他真的对采风乐此不疲。海盐的文化老人陶维安老先生90岁时回忆起余华采风的认真劲还赞叹不已，说他喜欢去乡下的边边角角采风，在田间地头农民家里一坐就是半天。30多年后，余华聊天中也还会说起当年采风时的一些小细节，甚至记得某个小集镇上的那碗肉丝炒年糕，追问起那座破庙前的两棵大银杏还在不在、文化站的老胡身体怎么样，感慨稻区农民劳作的艰辛。海盐地方虽小，但各区民风迥异，谋生手段也各有不同，我想这为余华作品人物的多样性提供了素材。余华作品中的人物就像是我的邻居、朋友、亲戚。一方水土其实也养育一方的文学，余华自己也说过"我一写作就回到了海盐"。

余医师带着孩子在海盐县城武原镇3间破旧的小平房里安顿好了家，艰难地适应着枯燥的县城生活。3年的大学生活后，华医师已由卫生兵变成了真正的科班医生，从此在海盐百姓尤其是县城百姓茶余饭后的闲谈中及面临生死抉择时，"华医师"成为一个高频词。那时医院专业外科医生少、设备设施差，老百姓总是把病拖到最后，所以华医师往往从接诊到开刀时间短、连轴转，连氧气瓶都是自己从底楼扛到手术室、病房，以至于身为外科医生的他自己也落下了腰椎间盘突出的病。华医师总是忙着开刀、开会，按照他的性格，我估计他是忙并快乐着，但很少顾及家里。杭州来的余医师默默地操持着家。

余华的哥哥华旭说，父亲极其严厉，他那双手这么大，一巴掌下来那可不是一般的疼。好在余华小时候极其安静，几乎没有会让父亲一巴掌下来的来气事，他哥哥却是一个不折不扣的皮孩子。余华的哥哥华旭曾给我讲过许多他小时候闯过的祸。一个冬天的上午，兄弟俩在医院里的一个草顶杂货间边上玩耍，他哥点火烧茅草，哪承想冬天的茅草是易燃物，火借风力，火势蔓延，急唤余华撒尿助力，怎奈两人尿少火猛，杂货间被烧个精光。兄弟俩不敢回家，在母亲的要好同事家躲了差不多一个星期。这时他们的母亲一边要让父亲消气，一边要安抚好2个孩子。余医师的坚韧与慈爱深深地影响了余华。余华怀揣梦想边拔牙边写作，中间经历了无数次的退稿，甚至旁人的揶揄，凭着那份坚韧才从牙医最终变成了作家。余华与哥哥小时候是惧怕父亲的，而母亲从没有打骂过他们，但兄弟俩似乎更受不了母亲的好言好语。母亲的轻声细语反而让顽劣的余华哥哥泪流不止。严父慈母给了余华一个幸福的童年，顽皮的哥哥则让余华的童年更加多彩。

2019年，华医师到鬼门关走了一回。先是在浙医二院做了个脑部手术，后肺部感染，告危。无望之下，转回海盐人民医院，直接送ICU。余华从年初起就一直陪伴生病的父亲。海盐县人民医院的ICU主任张雪峰坚决认为老院长还是有希望的，于是余华请来了上海瑞金医院的专家诊断，告知有胜算，遂转上海瑞金医院抢救。一个月后，华医师奇迹般地恢复过来。几个月后又转回海盐康复，到年底时居然能短暂行走了。所有人感叹不已，连医护人员也感叹他身体的底子好。其间，余华穿梭于海盐、上海之间，下半年在海盐待得多一点。我和伟达去看过几次老爷子，老爷子的声音渐渐地又洪亮起来了。

伟达对余华的研究近乎痴迷，只要是有关余华的事他都会如获至宝地记下来，而且很较真，甚至有人讲到余华小时候的顽皮时，他会义正词严地予以质疑，把他了解到的说法说一说，以正视听。其实余华小时候很安静、很执着，没有什么"拆烂污"（海盐方言，意为"闯祸"）的事。有一次，我与伟达聊天，建议他去嘉兴工作，伟达却说："余华是海盐的，我要研究余华，我就在海盐！"一个人着了魔似的做事才会把事情做好。伟达在报社工作，其实在海盐已经小有名气了，是年轻的写作者中功底最好的几个中的一个，写人物、文史、评论、报道都是倚马立就，但他最看重的是对余华的研究。我和伟达认识的时候也差不多刚认识余华，一聊起余华，他不是兴奋而是亢奋。谈的内容其实我大多不清楚，他谈了余华作品的发表时间、作品中的人物、余华的生日、余华说过的许多富有哲理的话（估计余华自己压根儿不记得了）等等。伟达常自告奋勇，余华回海盐，他就负责接送。伟达的《余华与海盐》不是高深的学术论著，也不是玄之又玄的文学评论，但忠实地记录了余华在海盐的一些事，余华迷们难得一见，也给研究者提供了一些参考。

余华就如普通海盐人一样最是平常心，不急不躁，悠闲地生活着。有人评价说，余华是作家中最懒的一位，我觉得其实是最平和的一位。余华没骂过谁也没撕过谁，过着自己的生活。我与他交往中没有见他悲天悯人、愤世嫉俗、多愁善感、以天下为己任，也没看到什么佛性与道法，更没有听说与谁为仇雠，没有因为眼界高人一筹而与大家格格不入，让我们自惭形秽。许多作家吐槽周遭环境如何低俗，吃饭就是遭罪，而余华一如外出的海盐人，回海盐后通常访友吃饭。我们喝酒吃肉，讨论最多的是酒与茶，没讨论过文学。其实我有时内心倒是想谈谈文学，我曾经也是个文学青年，做过文学梦，嘴边挂过好多流派、好多文坛恩怨，也是那种"本想仗剑走天涯，后来酒喝多了剑丢了"的人。文学梦早已没了影踪，但读大学时年轻的当代文学老师讲解先锋派作家余华时神秘的表情依然历历在目。只有一次我们讲起身边土豪的逸闻趣事时，我跟余华说，其实我们经历了狄更斯所说的"这是一个最好的时代，也是一个最坏的时代"，现实中的土豪比《兄弟》中的李光头更荒诞。有一次聊天，余华说，外国的土豪能够上太空，李光头也可以造卫星。现在身边的李光头们已经吃素健身、画虫鸟练书法、上总裁班听一些听不懂的讲座了，不再是比酒量，而是约定比谁喝得更久远！有时想，余华若在海盐再住上个一年两年，或许又会多几个鲜活的文学形象。

真希望余华再做一回平常的海盐人，时不时风尘仆仆地走在采风的路上，在哪条弄堂口的老字号里悠然地喝着沈荡黄酒，在朝圣桥堍饶有兴致地看老头们下棋，在绮园的水榭里品着南北湖云岫茶，周末与三五好友迎着朝阳攀登高阳山……

2020年8月

（作者系浙江省海盐县文联主席）

目录

四月三日事件

在余华所有的小说作品中，如果单单给出一句话提示——一个十八岁的青年开始尝试与这个世界周旋，很多人第一反应大概会想起《十八岁出门远行》这篇余华的成名作，实际上余华还有一篇小说叫《四月三日事件》，同样讲述了"一个十八岁的青年开始尝试与这个世界周旋"的故事。在这篇小说中，一个敏感脆弱的十八岁青年，在被害妄想症的日益驱使下，总感觉父母、朋友、邻居等正在"合谋"，要在四月三日他生日这一天给他带来致命危险，以至于他在这一天到来之际赶紧奔上煤车逃离了小镇。这固然是虚构的小说，但某种程度上《四月三日事件》与《十八岁出门远行》一样在探讨"十八岁"与"成人世界"的关系。十八岁之前，整个社会无论是在法律层面还是在道德层面，都给予了一个人相对柔软的保护；而十八岁之后，整个社会则呈现了更为现实的一面，褪去了"保护衣"的现实世界有时会显得更为直接乃至凛冽。

　　要探寻十八岁之前余华的生活状态，首先要回归他的起点，也就是他的出生，他的童年时代。如小说家的别具匠心，他们有时候会在小说中暗藏独属于自己的"密码"。譬如"四月三日事件"，不仅是余华一部中篇小说的名字，其中的日期也是他自己的生日。余华出生于1960年4月3日。余华的父亲华自治先生，山东高唐人，那时候在浙江省防疫站工作；母亲余佩文女士，浙江绍兴人，那时候在浙江医院工作。余华还有一个长他2岁的哥哥叫华旭，哥哥华旭随父亲姓，弟弟余华随母亲姓，并以父亲的"华"姓为名。余华诞生在浙江杭州的一家医院里，如果以出生地来说，余华可以说是浙江杭州人，而如果以祖籍来说的话，余华也可以说是山东高唐人。

　　如果不是因为余华父亲工作调动的缘故，余华一家很有可能会一直在杭州生活下去，但是转折很快就出现了。华自治先生不满足于防疫站的工作，他最大的愿望是当一名外科医生，于是他选择进修技术，从浙江医科大学专科毕业后，也不打算再回到防疫站工作了。之后，他的面前又出现了另外2条路，一条路是去嘉兴一所卫生学校当教务主任，一条路是去比嘉兴更小的海盐县人民医院当外科医生。华自治先生从心所欲，毅然选择了来海盐。

　　那时候余佩文女士带着2个孩子还生活在杭州，一家人分居两地，很不方便。华自治先生就给余佩文女士写了一封信，将海盐这个地方"花言巧语"了一番，之后的1962年余佩文女士带着4岁的华旭和2岁的余华从杭州来到了海盐。海盐毕竟是个小县城，20世纪60年代初的海盐更不能与杭州比较，余华在自传散文里叙述了他母亲初到海盐时的感受——连一辆自行车都看不到。至于余华幼年时短暂生活过2年的杭州，也与之渐行渐远了，只能在母亲片断的讲述中略微了解"我们住过的房子和周围的景色"。

20世纪60年代的海盐在余华的记忆中是这样的：

> 我的记忆是从"连一辆自行车都看不到"的海盐开始的，我想起了石板铺成的大街，一条比胡同还要窄的大街，两旁是木头的电线杆，里面发出嗡嗡的声响。我父母所在的医院被一条河隔成了两半，住院部在河的南岸，门诊部和食堂在北岸，一座很窄的木桥将它们连接起来，如果有五六个人同时在上面走，木桥就会摇晃，而且桥面是用木板铺成的，中间有很大的缝隙，我的一只脚掉下去不会有困难，下面的河水使我很害怕。到了夏天，我父母的同事经常坐在木桥的栏杆上抽烟闲聊，我看到他们这样自如地坐在粗细不均，而且还时时摇晃的栏杆上，心里觉得他们实在是了不起。

从1962年举家迁入海盐后，余华一家开启了在海盐的漫长生活。在海盐，余华度过了童年时期、少年时期和大部分青年时期。他先后就读于海盐县机关托儿所、海盐县向阳小学、海盐中学，1978年进入海盐县武原镇卫生院做牙医，1983年因写作才能调入海盐县文化馆，1989年调入嘉兴市文联后还常常往返于嘉兴、海盐两地。直到1993年正式定居北京，余华在海盐生活了30年左右的时间，度过了一个作家最为重要的感受与经验积累阶段。从这个角度来看，海盐真正成了余华精神意义上的故乡，并深深地融进了他所创作的小说世界中。

因此，我们又可以说，余华是浙江海盐人。

海盐县武原镇旧貌（海盐县档案馆供图）

重返幼儿园

　　世间所有的相遇，都是久别重逢。久别的是已经流逝的过往岁月，重逢的是故人或者那个当初被过往岁月一起带走的自己。如果要在浩荡长河中撷取一段天真岁月，学生时代大概是其中一种选择，而幼儿园时期则几乎是最懵懂纯粹的天真岁月了。

　　如果有机会，重返幼儿园。

　　1963年，4岁的余华入读海盐县机关托儿所，一直到1967年。海盐县机关托儿所，即后来的海盐县机关幼儿园，1957年3月由中共海盐县委宣传部、海盐县妇联以300元经费因陋就简筹办，所址在武原镇董家弄48号。1985年6月25日正式更名为海盐县机关幼儿园。余华在读托儿所期间，还是一个相对安静的孩子。如其在《最初的岁月》一文中的回忆："我是一个很听话的孩子，我母亲经常这样告诉我，说我小时候不吵也不闹，让我干什么我就干什么，她每天早晨送我去幼儿园，到了晚上她来接我时，发现我还坐在早晨她离开时坐的位置上。我独自一人坐在那里，我的那些小伙伴都在一旁玩耍。"

那时候余华一家住在杨家弄，先后入住杨家弄1号、杨家弄11号（今编号为84号）。董家弄在杨家弄西侧数百米的地方，这2条弄都在老海盐72条半弄之列。由于父母是医院双职工，余华和哥哥华旭常常自己回家。有时候是哥哥华旭带他回家，可有时候哥哥"玩忽职守"一个人跑去玩了，余华在原地等了一段时间等不到哥哥，便摸索着自己回家。他将回家的路分成2段，第一段是从董家弄出发，沿着市河一直向东走，走到海盐县人民医院为止，第二段就是走进海盐县人民医院对面的杨家弄，弄底的杨家弄11号，也就是海盐人熟知的汪家旧宅，就是余华当时的家。

时间真是奇妙的东西。50多年后的一个秋天，一群幼儿园的小朋友，与当年的小余华一般年纪，重走当年小余华走过的路，他们也沿着市河一直向东走，然后步入杨家弄，来到汪家旧宅，开展一次地方人文之旅。2019年11月的第一天，海盐县万禄幼儿园中班的小朋友，在老师的带领下，赴一场前往杨家弄的秋游。从万禄幼儿园到杨家弄，不过三四条街的距离，并不是很远，但若不是幼儿园老师的特别用心，对小朋友们来说不一定有机缘能够在父母的带领下来到杨家弄，甚至来到汪家旧宅。汪家旧宅坐北朝南，建筑规模较大，建造工艺精湛，木雕精美，时代特征鲜明，是海盐地区现存的、较为典型的晚清建筑之一，2002年由海盐县文体局公布为海盐县文物保护点。它还有一个特别的身份是作家余华的童年旧居——1965年至1971年，余华和家人居住于此，直到小学四年级搬离，迁入海盐县人民医院职工宿舍。

之所以在这个时间节点赴杨家弄，乃是因为这条至少有着500年历史的古弄或将迎来保护性开发。海盐县万禄幼儿园园长姚群利女士记录道："金秋，中班的孩子走进杨家弄，这条记录着海盐民风的小弄堂，因为余华增添了文化的气息，或许这条弄堂不久之后会因为城市改建而消失，但这里留下的孩子们探索的足迹却不会消失。远足，用小脚丫丈量城市的宽度。"乡土文化需要新一代的传承，这就意味着乡土文化教育的重要性，孩子们有了文化记忆，长大以后即便离开了海盐，也会有实实在在的乡愁。我听说，幼儿园的这些孩子每学期都会走访海盐的4个地方，一年两个学期下来就是8个地方，三年幼儿园读下来便有24个地方了，这些地方包括巷弄、古桥、海盐县博物馆、张元济图书馆、海盐县气象站等等。

孩子们在快乐成长的岁月中，逐渐积累起对本土人文的认识，也慢慢尝试去理解海盐这片土地的文脉与光荣。一次走访，作为记录的视频里、照片中，透露着孩子们天真的笑容、好奇的眼神，都极富朝气与生机。我在与姚群利女士的对话中，捕捉到一个奇妙的句子，她说："我跟孩子们说，今天我们去看余华爷爷曾经住过的地方。"我心里突然咯噔一下，开玩笑道："余华已经到了被叫爷爷的年纪了？"转念一想，1960年4月出生的余华，竟也60岁了。在幼儿园这些可爱的五六岁孩子的眼中，以辈分来讲确实是可以叫余华爷爷了。时光真是奇妙的东西，我们在它面前总是束手无策，有时候却又肃然起敬。

孩子们穿过狭长的杨家弄，在汪家旧宅门口的辅墙下聆听老师的讲解，看着墙上有关汪家旧宅的画作和摄影，他们也举起小小相机做拍摄记录，甚至还坐在地上认真作起画来。他们对汪家旧宅的信箱尤其感兴趣，如果可以向过去和未来的时光寄一封信会怎样。而我在想，如果打破时空的界限，童年的小小余华这时候从汪家旧宅二楼的窗口往下望，喊出一句："你们好呀，今天我们一起玩耍！"那该有多美妙啊！

有些事情，有了起心动念，也便如种子播撒，种下了生长的可能。只过了一天，想象就变成了现实。那段时间，余华正好返乡探亲。11月3日，在万禄幼儿园老师提出倡议和征得余华同意的基础上，由我驱车，海盐县文联主席林周良先生陪同，我们将余华请到了孩子们面前，一堂温馨而充满童趣的乡土文化课就此促成。

在万禄幼儿园副园长陈连连女士的引领下，余华参观了孩子们亲手布置的城市足迹墙，这其中就有杨家弄、天宁寺等余华无比熟悉的海盐地标，还去看了幼儿园楼顶的菜园子。之后，余华步入活动室，与孩子们交流互动。

和孩子们相处的时光总是美好的。有的孩子说出了《许三观卖血记》的书名，有的孩子则说"我的哥哥在看《活着》"，还有小朋友问："余华爷爷好，我知道您以前当过牙医，我想问您，怎么保护好我们的牙齿呢？"

余华笑着回答道："糖要少吃，然后刷牙呢要上下刷，不要太使劲，不要横着来，不然会损伤牙齿，因为你们这牙齿要用100年的，甚至100年都不止。"

又有一小朋友提问："余华爷爷，您好，您去过沈荡吗？"

余华反问："你是沈荡的吗？"

小朋友："是。"

余华继续问："你是沈荡哪里的？"

小朋友继续答："我是沈荡镇上的。"

余华说："我去过沈荡，那个时候是坐船去沈荡的，以前去沈荡没有汽车。那个时候交通比较落后，主要靠船，不靠汽车。"

这时候，小朋友们共同向余华提了一个问题："余华爷爷，您还会讲海盐话吗？"

余华思索了一下，微笑着说道："你们要是能用海盐话来问，我就用海盐话来回答。"

小朋友们显然没有想到余华会反问他们会不会讲海盐话，于是余华又用海盐话问了一遍小朋友："内会得港海盐话伐？（你会讲海盐话吗？）"

小朋友们随即一起念了一首乡土童谣《小辫子》："小辫子，笃（do）笃叫，姆妈叫吾捉羊草。划（ho）开指头股（手指）没人包，哭来哭去自家（自己）包。"

之后，童稚的提问在欢声笑语中继续。

有一个小朋友问："余华爷爷，小苗是怎么变成大树的？"

余华打了一个比方作答："这就好比小孩最后会变成大人。"

还有小朋友好奇道："余华爷爷小时候在家玩什么玩具？"

余华说："我们小时候没有那么好的条件，总是到大街上到处乱走，口渴的话就喝自来水。"

机灵的小朋友立即表示："自来水不是不能直接喝吗？"

余华说："我们那个时候可以喝，那个时候水很干净。"

临别之际，小朋友希望余华爷爷给他们写一句话，余华想了想，在留言簿上写下："写一本你们苗壮成长的书。"之后，余华在《活着》《许三观卖血记》《在细雨中呼喊》等作品上签名，尤其还在万禄幼儿园中六班的班级作业簿《弄堂里的那些事儿》的封面上签上了自己的名字，这几乎给孩子们的这堂乡土文化课画上了更生动真切的句号。最后，小朋友们和老师们共同送给余华3份礼物——

第一份是家乡海盐的美食——杨家弄口的朱氏梅花糕。

第二份是优优小朋友准备的绿植，她说："因为余爷爷经常看书、写字，所以送上一份绿色，希望余爷爷眼睛累了的时候，能够休息一下。"

金仔小朋友代表所有小朋友送上了第三份礼物，那是一幅特殊的画，画的名字就叫《杨家弄84号》，他说："余爷爷，希望您曾经生活过的地方，能够一直留在您的记忆里。"

重返幼儿园（李相摄）

余华与海盐万禄幼儿园小朋友互动（李相摄）

少年余华

很久以来，我始终有一个十分固执的想法，我觉得一个人成长的经历会决定其一生的方向。世界最基本的图像就是这时候来到一个人的内心深处，如同复印机似的，一幅又一幅地复印在一个人的成长里。在其长大成人以后，不管是成功，还是失败；不管是伟大，还是平庸；其所作所为都只是对这个最基本图像的局部修改，图像的整体是不会被更改的。

这是余华在杂文《一个记忆回来了》中的观点。

余华有着怎样的成长经历呢？余华1967年入读海盐县向阳小学，1977年从海盐中学毕业，"文化大革命"几乎贯穿其中，"文革"中的很多场景，逐渐走入了他的内心深处，成了他记忆中挥之不去的图像，以至于20世纪80年代先锋时期余华创作的一批小说，几乎篇篇充满了暴力与血腥。即便是在先锋文学退潮，余华转入现实主义写作后，"文革"经历埋下的暴力种子依然在生长。

少年余华成长为日后的作家余华，其创作底色不仅仅受"文革"经历的持续影响，也与他出生并成长于医生家庭有关。余华的父亲是海盐县人民医院的外科医生，母亲是内科医生，由于父亲是山东高唐人，母亲是浙江绍兴人，祖辈都不在海盐，所以余华和哥哥华旭不是祖辈带大的，而是从小在医院的病房和长廊中到处跑着长大的。余华习惯了医院里来苏儿的气味，学会了用酒精棉给自己擦手消毒，也常常看到刚给病人做完手术的父亲穿着沾满血迹的手术服走过来，护士们会提着血肉模糊的东西倒进厕所。

因为习惯或是懵懂的缘故，少年余华对医院里的太平间也并不排斥，他甚至在酷暑难耐的夏天走进太平间，在发现太平间无比凉爽后，还躺在了供遗体临时停放的水泥床上。较之于死亡的象征，太平间的水泥床给他带来的却是直接的凉爽以及幸福和美好的生活。少年时期有一段日子，余华一家住在医院职工宿舍，距离太平间不到50米，他常常被家属失去亲人的哭声吵醒，甚至根据被吵醒的经验分辨出了人更容易在后半夜离开。长大后的余华对海涅的诗句"死亡是凉爽的夜晚"很有共鸣，这是对他少年时期这段记忆最文学、最精准的概括。医院的经历给予了余华许多冷静的判断，这对他小说创作的叙述方式和语言风格也产生了潜在而深远的影响。

当然，少年余华的经历并不都是冷色调的，也有许多相对而言颇具暖色调的故事存在。譬如，1971年以前，也就是在小学四年级以前，余华他们一家住在海盐县武原镇杨家弄11号，那是杨家弄的最北端，再往北就是农村了。余华在家中窗口也可以看见田埂上往来的农民和来自农村的孩子，有时候也会跟这些孩子玩耍，或者将一小片麦田踩出一张小床的样子，躺在上面休息，在某些闯祸的时刻余华也会跑来这里，等待傍晚降临前父亲的寻找。每到夏天，杨家弄11号北面的池塘会被抽干，大人们在这里抓鱼，水变浅时，鱼儿们在逐渐见底的池塘中跳跃，余华和他的玩伴们则在岸上活泼跳跃。小学毕业那年暑假，余华的父亲给他和哥哥办理了图书馆借书证，余华开始读起了《闪闪的红星》《矿山风云》《艳阳天》《金光大道》《新桥》《虹南作战史》等书籍。在少年时期，闯祸似乎是每个男孩子的天性。余华也不例外。有一次，在医院手术室外的草棚，余华和哥哥华旭一起玩"消防队救火"的游戏，哥哥华旭负责点稻草，余华负责撒尿灭火，等到余华没有尿可以持续灭火时，草棚就开始熊熊燃烧了，虽然后面余华的父亲赶来灭了火，但也免不了被批斗，回头余华和哥哥华旭的屁股又被父亲"揍得像天上的彩虹一样五颜六色"。

这是余华少年时期的一部分缩影。大多时候，少年余华和哥哥华旭以及其他同龄的小朋友，在武原镇的大街小巷，在医院的长廊，在杨家弄北端的麦田，在杭州湾畔的海边，晃荡打闹，拔节成长。如果说少年余华与作家余华有什么关系，我想答案就在"一幅又一幅地复印在一个人的成长里"的"世界最基本的图像"之中，这些图像有少年余华亲眼所见的暴力景象、医院生死以及平淡日常，它们将作为经验持续存在，同时少年余华爱上了对街头大字报的阅读，并发现大字报背后的故事充满了神奇。作家余华在散文《阅读的故事》中对少年余华有过这样的描述："一个放学回家的初中生，身穿有补丁的衣服，脚蹬一双磨损后泛白的黄球鞋，斜挎破旧的书包，沿着贴满大字报的街道无所事事地走来。"

海盐中学

　　一个冬日的午后，经海盐县人大常委会副主任马小平先生介绍，我联系到了余华在海盐中学时期的语文老师何成穆先生。何成穆先生很热情，不仅向我讲述了余华中学时期的学习生活，还详细讲述了余华在写作方面彰显出的才华，更捧出了余华签名书籍以及相关合影等资料。

　　何成穆先生并不是海盐人，却将一生都献给了海盐的教育事业。1937年，何成穆出生于浙江绍兴诸暨，1960年8月从湖州师专（今湖州师范学院）毕业后，被分配至海盐中学教语文。他的职业履历非常纯粹，做了一辈子语文老师，一直教到1998年退休为止。近40年的教学生涯育得桃李满天下，余华则是他一直引以为傲的学生。

　　1975年9月，余华从海盐中学初中部毕业后继续入读高中部，到1977年7月高中毕业，他整个高中阶段的语文老师都是何成穆先生。实际上，何成穆先生当时是高一（1）班班主任，而余华就读于高一（2）班，高一（2）班的班主任是数学老师，而余华对数学一直提不起兴趣。余华曾坦言：

> 我进入高中以后的语文老师是何成穆，他是我在中学时教授我语文时间最长的老师，因此他给予我的鼓励也是最多的。那是我在海盐中学最愉快的日子，何老师虽然不是我的班主任老师，可是在心里我一直把他作为我高中时的班主任老师，直到现在我仍然这样想。我觉得何老师信任我理解我，这是最重要的。

何成穆先生对余华的信任和理解，余华对何成穆先生的铭记与感恩，是如何发生的呢？最初，何成穆先生让余华担任语文课代表。在余华的记忆中，这是他从小学到高中第一次当班干部，并且整个高中阶段他一直都是语文课代表，这让他对语文尤其是写作更加有兴趣、有自信。何成穆先生之所以让余华当语文课代表，是注意到了余华在这方面的才华，他特别叙述了一个场景：学校课间休息时，余华常常背靠着窗框，坐在二楼教室的窗台上，向簇拥着他的同学们讲故事，场面很是热闹。何成穆先生将这个场景称为"海盐中学的一道风景线"。有趣的是，不仅余华的同班同学喜欢听他讲故事，隔壁班的同学也常闻声而来听他讲故事。余华坐的是自己班的窗台，他在班级中的座位是最后一排，离门口最近，一般上课铃声一响，他很快可以回到自己座位上，但是一班、三班、四班的同学还要立即赶回去，甚至有时候还发生上课铃打响了但余华的故事还没讲完的情况，其他班的同学回去上课肯定是要迟到了。为此，何成穆先生还建议过余华和这帮学生要注意时间，上课不要迟到。不过，何成穆先生因为这件事对余华印象特别深刻，在他看来，余华的组织能力和活动能力很强，还喜欢看书、看大字报，收集信息的能力也非常强，加上有一定的叙述才华，因此学生们都喜欢听他讲故事，久而久之余华在学生群体中也就很有威望了。何成穆先生坚信，小说《活着》中那个下乡采风、喜欢听人讲故事的文艺工作者，一定程度上其实也是少年余华的影子，余华从小就喜欢听大人们讲故事，这是他捕捉生活细节的一种方式。

何成穆先生没有看错人。余华确实是一个非常称职的语文课代表，协助语文老师收发作业、反映同学意见建议、传达老师布置的任务等等，他都做得游刃有余。不仅如此，在业务能力上，余华的表现也让何成穆先生很满意。每次写作文，余华的文章都写得很长，大部分学生一般都写不到1000字，但是余华每次都要写到两三千字，通常一个学期下来学生写到七八篇就会把作文簿写满用完，余华一般两次就写完了。何成穆先生很欣赏余华的写作才华，常常在课堂上将他的作文当成范文来读，这给余华带来了极大的写作自信。

整个高中阶段，最能体现出余华这个语文课代表综合实力的是在一次学军活动中。1976年冬季，海盐中学高中部集体赴澉浦镇开展为期半个月的军训，那里有解放军驻扎，200

多名师生也驻扎在军营中，每天接受体能训练等军事化教育。何成穆先生作为指导员，十分看重余华的办事能力和文字水平，就派给他一个不小的任务——成立宣传鼓动组，出一份军训小报，提振同学们的精神。余华欣然接过任务，并热情高涨地组织了一支编辑团队，写稿、编辑、油印、分发，忙得不亦乐乎！半个月的学军活动，余华带领他的团队以每两三天一期的速度出着军训小报，老师、同学们都夸赞他这份小报出得不错。学军活动结束后，余华还获评了积极分子。

许多年后，余华依然记得何成穆先生的师恩与教诲，根本上在于何成穆先生的教育方式是春风化雨式的，而不是暴风骤雨式的。有一次语文考试，试卷上有一道成语造句的题目，一共有5个成语，要求每个成语造一个句子。余华觉得这样太简单了，于是他一股脑儿写了一个长句子，把5个成语都用上了。何成穆先生就把余华叫到了办公室，先是批评了他，告诉他考试做题应该根据题目要求来，不然文不对题会被扣分的，但随后又夸奖他这个长句子造得很好，几个成语也用得很恰当，所以这次就不扣分了。余华接受了何成穆先生的教导。那次语文考试余华还是得了100分，不过他也坦言从此以后明白了这个世界上应该有秩序和规则，做事情要讲规矩。

1977年7月，余华从海盐中学高中部毕业，之后进入武原镇卫生院当牙医，再之后因写作才华被调入海盐县文化馆、嘉兴市文联，1993年起便定居北京了。40多年来，余华不曾忘记母校和恩师。2000年10月8日，海盐中学校报《今日盐中》创刊，此前何成穆先生向余华发去传真，邀余华写几句话，余华随即写下一篇千字文《要重视老师的意见》，表达对母校和恩师的感激之情，他说：

> 　　我之所以后来从事写作的职业，是因为还在海盐中学读书时就建立了写作的自信，这样的自信是老师给予我的。我在想，任何一个人，不管他今后从事怎样的职业，别人的信任和理解是基础，自信就是从这里产生的，有了自信就可以去承受失败，去克服困难，然后才有希望获得成功。而对一位学生来说，老师的信任和鼓励比什么都重要，老师的批评也同样如此。因此当你们还没有离开母校的时候，应该重视老师的意见。

　　2001年5月26日，余华受邀回海盐中学讲学，其间看望了恩师何成穆先生。在何成穆先生珍藏的与学生余华的合影中，我看到了余华的2位"老师"，一位是已经退休的昔日语文老师何成穆先生，另一位是印在余华白色T恤上的人物像——美国作家福克纳——这是他在写作世界里的其中一位"精神导师"，余华称之为"我的师傅"。

　　海盐中学留给了余华许多美好记忆。20世纪70年代，海盐中学有初中部和高中部，初中、高中都是两年制，除了高中语文老师何成穆先生之外，余华对当年教他初一语文的韩晖老师以及教他初二语文的陈宁安老师都充满了感恩之情。余华回忆道：

> 我是七三年从向阳小学升到海盐中学的，在我的记忆里，小学时的语文老师并不欣赏我的作文，这让我感到自己的作文写得不好，当时的我对语文课一直有一种自卑心理。可是进入中学就完全不一样了，我初一时的语文老师是韩晖，我记得第一个学期总共写了4篇作文，韩老师把我的每一篇都作为范文在课堂上朗读，这时候我才知道自己的作文写得不错。后来韩老师调走了，现在当别人问起我的过去时，我经常会想起她，她是第一位给了我写作自信和写作力量的人。韩老师之后的语文老师是陈宁安，他是第二位对我的作文十分赏识的老师，于是我的自信得到了继续。陈老师性格开朗没有架子，很快我们就成了朋友，我记得我们经常站在学校的操场上聊天，有时候会互相开玩笑。

陈宁安老师出生于1938年，比余华年长22岁，他在一个春日傍晚向我讲述了与余华的师生往事。两人的关系可以说是亦师亦友，一方面陈宁安老师是余华初二时的语文老师，后来当余华成为海盐中学校级文学刊物《雏鹰》的主编时，陈宁安老师正好是这本刊物的指导老师，两人很有"师生缘"，另一方面因为陈老师性格开朗没有架子，余华有时候会在晚自修之前与陈老师在操场上"摔跤"，相互比较技巧与力量，陈宁安老师如今回想起当时画面依然觉得青春有趣。

有关余华的写作才华，陈宁安老师认为余华逆向思维、发散性思维能力比较强，他举例说，比如他上课讲到《念奴娇·赤壁怀古》中"人生如梦，一尊还酹江月"一句，有同学觉得既然人生如梦，那么就尽情吃喝玩乐享受当下吧，而余华认为正是因为人生如梦，所以才更要激励自己闯出一番事业，出人头地，不负此生。陈宁安老师还提到，1977年高考，浙江省高考作文题目是"路"，余华在考试后曾自信满满地向他讲述了写作方向和大致内容。陈宁安老师被他新颖的构思打动，也为他不循常规的写法担心，原来余华并没有实写"路"，而是采用梦境的方式去叙述，是一种带有挑战性的写法。作文评分结果如何，当然无法再详细知晓了，余华的高考最终以落榜而收尾，但这倒似乎可以看成余华学生时代的写作实际上也颇有"先锋气质"。

余华在写作上取得越来越大的成绩，在陈宁安老师看来这是一个非常励志的故事。海盐是一座小城，陈宁安老师与余华的父亲华自治、母亲余佩文本身也都是朋友。就陈宁安老师所知，余华小时候就很喜欢听人讲故事，也喜欢看他母亲的值班日记，对写作有着浓厚兴趣，但是高考落榜后，没能继续读大学，那就要先找一份工作做着，之后余华进入武原镇卫生院做起了牙医，并去宁波第二医院口腔科进修一年。这段时期，余华依然对写作抱有热情，但是并未得到父亲华自治医生的支持。陈宁安老师说："余华的父亲华医生认为牙医是一份相对稳定的工作，为了让余华专心学本领，他要求余华过年也不要回海盐，干脆留在宁波好好学。相比之下，写作这件事还不一定能够成功，而且有时候还带有一定的危险性。我就反驳余华的父亲，你说写作有一定的危险性，那你做手术也有一定的危险性啊。只要孩子喜欢，你就让他去做。"后来，余华用才华与实力证明了写作这条道路的可行性，便逐渐得到了家人的支持。

很多年以后，余华依然情系母校海盐中学，对家乡后生满怀殷切希望。2017年11月11日，海盐高级中学（原海盐中学）90周年校庆大会上，余华通过视频向母校全体学生表达了祝福：

我是1977年高中毕业的，40年过去，时间像是在飞。在母校90周年之际，我想说点什么。我就想起了11年前去日本的北海道大学，这个学校是19世纪初一个美国农学家横渡太平洋来到了札幌帮助他们建立起来的。1年多以后，他又返回了美国，他在临走时给当时的学生们留下了一句话，孩子们，你们要有野心。当然我们也可以把野心这个词理解为理想，但是野心听上去更直接、更有力量，我就把这句话转送给同学们，你们要有野心，野心可以帮助你们改变自己，也有可能改变别人，还有可能改变社会。

海盐中学（海盐县档案馆供图）

余华与高中语文老师何成穆（何成穆供图）

杨家弄：扑在窗口的少年

"我的父母上班去后，就把我和哥哥锁在屋中，我们就经常扑在窗口，看着外面的景色。我们住在胡同底，其实就是乡间了，我们长时间地看着田里耕作的农民，他们的孩子提着割草篮子在田埂上晃来晃去。"这是余华在自传式散文《最初的岁月》中的叙述，他所提到的胡同实际上是浙江海盐县武原镇的一条巷弄——杨家弄。之所以说成了胡同，是因为胡同在北方方言中就是街巷、巷弄的意思，余华写这篇文章的时间是1994年5月，那个时候他已经移居北京，多半是受了口语使用习惯的影响。而他与哥哥"经常扑在窗口"的所在便是杨家弄11号。随着时代的发展，迁入杨家弄的人家越来越多，百来米的巷弄已经被拉长了一倍，原先的杨家弄11号，编号已经改成了84号。

关于余华曾住过的这栋杨家弄老宅，不管是曾用名杨家弄11号，还是新编号杨家弄84号，都不是老海盐人使用最频繁的名字，它有一个更为老海盐人所熟知的名字，那便是汪家大院，或者叫汪家旧宅。也因此，可以客观地说，杨家弄84号后来的名气离不开余华。而杨家弄84号之前的名气，在于其本身就有着大户人家的气派和久远的历史。我从海盐县博物馆的资料记载中了解到，汪家旧宅即汪念仁祖宅，该建筑修建于清代中晚期，距今已有180多年的历史，先后有4代汪氏子孙在此居住。汪家旧宅坐北朝南，建筑规模较大，建造工艺精湛，木雕精美，时代特征鲜明，是海盐地区现存的、较为典型的晚清建筑之一。汪家旧宅部分建筑在20世纪城市建设过程中被拆除改建，现存一栋二层砖木楼阁式建筑及一口天井，占地面积约400平方米。汪念仁到底是谁？海盐县博物馆工作人员回复，系当时海盐本土的大户人家，尚无其他信息记载。2002年，杨家弄汪家旧宅由海盐县文体局公布为海盐县文物保护点。

余华在杨家弄居住10年，度过了大部分童年时光。1962年入住杨家弄1号，之后搬到杨家弄11号汪家旧宅，直到1971年余华读小学四年级时，全家才搬到了临近市河的海盐县人民医院职工宿舍。童年时期和少年时期对一个作家的影响是潜移默化、深远持久的。虽然当年居住杨家弄的余华尚年幼，且并未深入地研习写作，但是那种细微的影响早已埋下了种子。很多年以后，成为作家的余华一次又一次在或虚构或现实的叙述中钩沉起这段"最初的岁月"。

汪家旧宅多次出现在余华的小说作品之中。对汪家旧宅着墨最多，甚至成为叙述关键对象的是一篇名为《命中注定》

的短篇小说。在这篇小说里，刘冬生昔日的伙伴陈雷死于一起谋杀，侦查自始至终都没有结果。在刘冬生的行动和回忆中，读者可以捕捉的重要线索就是汪家旧宅。陈雷是小镇上最富有的人，是拥有2家工厂和1家豪华饭店的腰缠万贯的土财主，还斥资买下了"一直被视为最有气派"的汪家旧宅。时间倒回30年前，才6岁的陈雷认识了同龄伙伴刘冬生，并在后来的一天带着刘冬生穿越了整个小镇来到汪家旧宅。在余华的笔下，"两个孩子站在这所被封起来的房子围墙外，看着麻雀一群群如同风一样在高低不同的屋顶上盘旋。石灰的墙壁在那时还完好无损，在阳光里闪闪发光。屋檐上伸出的瓦都是圆的，里面像是有各种图案"。这里的形容与现实中的汪家旧宅几乎一致。2个小孩捡起石子向屋檐上的麻雀扔去，一度还讨论着是否要去这座宅院里看看，最终在听到数次"救命"声后夺路而逃。蹊跷的是，刘冬生非常确定这是陈雷的喊叫，而陈雷连连否认。30年后，陈雷被谋杀于汪家旧宅中。小说并未给出确切的答案，只留下汪家旧宅的神秘感和命运的荒诞感，只有"命中注定"这个看似答案，实际上更像一句谶语的小说题目像麻雀般盘旋不止。

除此之外，在余华的中篇小说《河边的错误》中，被错误地当作犯罪嫌疑人的许亮所住的地方也在杨家弄，小说对许亮的住所是这样叙述的："那人住在离老邮政弄有四百米远的杨家弄。他住在一幢旧式楼房的二楼，楼梯里没有电灯，在白天依旧漆黑一团。过道两旁堆满了煤球炉子和木柴。"旧式楼房、楼梯在白天依旧漆黑，这又是深宅大院汪家旧宅的鲜明特征。许亮因多次目击凶案现场，加之被当作犯罪嫌疑后精神高度紧张压迫，最终选择自杀。小说中案件的谜底——真正的凶手是一个疯子。

较之于余华中短篇小说作品中涉及杨家弄、汪家旧宅时的神秘、幽暗、肃杀、荒诞的叙述，余华在他的散文中对杨家弄、汪家旧宅的叙述显得日常而宁静。在《最初的岁月》一文中，余华说他4岁的时候就开始自己回家了，他把回家的路分成2段来记："第一段是一直往前走，走到医院；走到医院以后，我再去记住回家的路，那即是走进医院对面的一条胡同，然后沿着胡同走到底，就到家了。"这条胡同便是杨家弄，弄底就是汪家旧宅。余华在《麦田里》一文中回忆道，他在窗前可以看到一片片稻田以及被稻田包围的一小片麦田，他曾在麦田中央做过一张床，夏天的时候时常一个人独自躺在那里。

20世纪六七十年代，杨家弄的弄底往北其实已经是农村了。余华扑在窗口的感受更为鲜明地呈现在了一篇名为《土地》的散文中。弄底有许多池塘，春天开着油菜花，夏天蛙声一片。不仅如此，他还看到了袅袅的炊烟、宁静的晚霞、劳作的水牛、狭窄的田埂，喜欢上了黄昏农民收工的吆喝，甚至闻到了蔬菜地的淡淡的粪味，更感动于"田野在细雨中的影像"。这些记忆并未随着时间的流逝而消失，相反如土地一般结实，多年以后纷纷落进了余华的长篇小说之中。

　　"细雨"成了余华长篇小说处女作的关键词，无论是最初的小说名《呼喊与细雨》，还是经人建议修改之后的《在细雨中呼喊》，都离不开这个词语。小说更是在细雨飘扬中开始，在又一场细雨中收尾，主人公孙光林在一场场无可避免的细雨中，经历了孤独、残酷、战栗的拔节与成长。而孙光林坐在池塘旁或者独自割草的情景，那些默默观察他人命运浮沉的时刻，很难说与少年余华观察窗外风景的经验及其想象没有一点点关系。

　　窗口的风景一直存在。在那部已成经典的小说《活着》的结尾，夕阳西下，经历了所有亲人的离去，只剩一头老牛相伴的福贵，在余华笔下，在小说中民间歌谣收集者"我"的眼中，与日暮景象融为一体：

　　　　老人和牛渐渐远去，我听到老人粗哑的令人感动的嗓音在远处传来，他的歌声在空旷的傍晚像风一样飘扬，老人唱道——

　　　　少年去游荡，中年想掘藏，老年做和尚。

　　　　炊烟在农舍的屋顶袅袅升起，在霞光四射的空中分散后消隐了。

　　　　女人吆喝孩子的声音此起彼伏，一个男人挑着粪桶从我跟前走过，扁担吱呀吱呀一路响了过去。慢慢地，田野趋向了宁静，四周出现了模糊，霞光逐渐退去。我知道黄昏正在转瞬即逝，黑夜从天而降了。我看到广阔的土地袒露着结实的胸膛，那是召唤的姿态，就像女人召唤着她们的儿女，土地召唤着黑夜来临。

福贵跌宕起伏、苦难深重的一生，在日常、琐碎、朴实的生活景象里归于平凡。那些炊烟、霞光、土地"看似寻常最奇崛"，如此平淡的生活，福贵虽行至于此，却似跋涉了万水千山。可若实实在在当真叹出一句"无可奈何花落去"，所有经历又似被轻佻和矫情打发了去。以余华《活着》的自序作解，"人是为了活着本身而活着，而不是为了活着之外的任何事物而活着"。活着本身的道理，朴素如此。

对乡村素朴的理解深植于余华的记忆中，《许三观卖血记》中在关键时刻以卖血维持生活的许三观、根龙、阿方也具备"淳朴似盐"的品格，他们本质上都践行着像农民耕作般踏实的生活之道，即便许三观是城里丝厂的送茧工，其务实、坚韧、善良的作风与少年余华扑在窗口望见的农民"如出一辙"。

走出余华的叙述，汪家旧宅所在的杨家弄在海盐县城又是一条怎样的巷弄呢？这就难免要提及海盐的巷弄文化。海盐是千年古县，置县于公元前222年，较秦始皇统一六国还要早一年，故有"先有海盐县，再有秦帝国"之说，虽几度迁徙县治，但即便是如今的海盐县治武原也建于唐开元五年（717），距今已有1300多年的历史。明代海盐人胡震亨辑著的《海盐县图经》中就有关于杨家巷的明确记载，其当时位置与如今的杨家弄几乎一致，这意味着杨家弄至少有500年的历史。海盐历史悠久、底蕴深厚，民间一直流传着"72条半弄"之说，随着时代的变迁与城市发展的需要，很多巷弄逐渐消亡了，杨家弄是海盐最后一条保存相对完整的古弄，因此也一直汇聚着海盐人的关注目光。明清以来，杨家弄孕育了外交家、驻朝鲜总领事富士英，哈佛大学医学博士、上海市儿童医院院长富文寿，浙派篆刻的"负弩前驱"任小田等政治界、医学界、文化界名人。汪家旧宅也并非一枝独秀，弄内的深宅大院还有富宅、任宅、陆宅等，均系精致典雅的江南建筑。海盐解放以后，部分机关事业单位和海盐县人民医院的职工宿舍设在杨家弄，弄里又成了科教文卫各界精英的聚集地。若是步行于杨家弄，可以鲜明地感受到岁月的痕迹，时空感迎面而来，它几乎可以被当作老海盐气质的一种，弄里依稀有人家，200米长、两三米宽的巷弄萦绕着一种狭长逼仄的气氛，两侧尽是染了岁月风霜的斑驳墙壁，人家门前或有石阶伫立，木质大门咿咿呀呀发出转动时光的声响。无论是过去，还是现在，杨家弄一直是海盐这座千年古县文化传承的明证。不能直截了当地判断余华深受杨家弄厚重文脉之熏陶，倒可以说余华以杰出的小说写作成为杨家弄文化传承的又一生动注解。

因是余华的读者，我每一次路过汪家旧宅时都会放慢脚步，望见汪家旧宅二楼紧闭的窗户，总是会想到余华笔下的各种叙述，总是会想象少年余华开窗的样子。作家余华曾经在此度过了年少时光，后来他的成名作《十八岁出门远行》以先锋姿态奔腾而出，文艺批评家李陀先生对他说"你已经走在中国文学的最前列了"，再后来他写出了一批优秀的中短篇小说，20世纪90年代他又陆续写出了《在细雨中呼喊》《活着》《许三观卖血记》等极具分量的长篇小说，跻身中国乃至国际文坛。那个扑在窗口的少年，凭借自身的写作天赋与刻苦努力，打开了杨家弄汪家旧宅二楼的窗户，看到了田里耕作的农民，看到了海盐这座小城，看到了更为广阔的天地。

海盐杨家弄汪家旧宅，系清末建筑，汪氏后人世居于此
（黄炳虹画）

新华书店

每一座城市都有它的文化地标，而新华书店几乎是每一座城市的文化地标。

余华在《阅读的故事》一文中回顾了当年海盐读者争先恐后在新华书店门口排队购书的盛况："托尔斯泰、巴尔扎克和狄更斯们的文学作品最初来到我们小镇书店时，其轰动效应仿佛是现在的歌星出现在穷乡僻壤一样。"由于当时新华书店进的书数量有限，在供小于求的情况下，书店采取发放书票的方式售书，只有领到书票的人才能买到书，而且一张书票只能买两本书。

关于排队购书的情景，余华分享了当时武原镇的一句流行语——我今天51了。这句话的意思等同于：我今天倒霉了。为什么这么说呢？每天清晨，当海盐县新华书店开门时，门口早已排起了长龙，有些人是半夜没睡就跑来排队的，有些人坐在凳子上排队已经熬了好几个小时了，有的是急匆匆刚刚跑来的。这时候，书店工作人员打开大门，抛出一句："只有50张书票，排在后面的回去吧。"人群瞬间涌动，前50位排队者兴高采烈地进店挑书了，后面的人则骂骂咧咧地离开了，最倒霉的就数排在第51位的那个人，喜悦近在咫尺，却终究与他没有关系。

海盐县新华书店的历史要追溯到1952年5月，那时新华书店嘉兴地区中心支店在海盐县武原镇定期定点设摊供应图书，同年8月在小栅桥堍万禄浜设立海盐分销处，直到1953年元旦才正式设立新华书店海盐县支店。1963年，海盐县新华书店于武原镇五星桥建门市部、书库用房368平方米，1964年投用，上架图书2000余种5万余册。1983年新建书店仓库及职工宿舍940平方米，供应图书品种、册数成倍增加，销售额亦逐年增长。海盐是千年古县，自古民风淳朴，耕读传家，有着浓郁的读书氛围。根据《武原镇志》记载，1985年，海盐人在海盐县新华书店人均购书花费2.5元，超过全省平均水平。1986年，海盐县新华书店销售册数高达1782409册，人均阅读5.57册，人均花费3.01元。

余华也常常是新华书店门口排队买书的人之一，有时候口袋里揣着5元钱"巨款"跑向书店时，排队落在后面，只好快快而归，当然也有买到书的时候。在杂文集《我们生活在巨大的差距里》中，余华回忆道，他在海盐县新华书店买了巴金的《家》，因为少年时期曾在电影连环画上读过《家》，读完后伤心了很长时间。当他读完真正的《家》以后，再一次感动了。这让余华感慨："这部作品不仅写下了家庭成员的个人命运，同时也写下了那个动荡时代的命运。这是我第一次注意到一部作品和一个时代的关系。"阅读带来的影响是潜移默化、深远持久的。后来，余华写出了《活着》《兄弟》等小说，无论是福贵的故事，还是李光头的故事，他们个人命运的浮沉都与时代洪流的激荡密不可分，如余华所说"这是巴金对我的影响，也是中国的历史和现实对我的影响"。

如何选择读书方向？余华告诉我，20世纪80年代初，他常常去海盐县新华书店翻阅一份名为《社科新书目》的报纸，并把它作为购书的一种参考。这份报纸由新华书店总店主办，主要刊登全国各出版社社科类图书出版最新信息，开设有"出版动态""引进书情""世界图书""流行书话""书评园地"等栏目，颇受大众读者欢迎。那时候的余华已经走上了工作岗位，有了稳定的收入，加上初期作品不断发表，也有了一定的稿费积累，于是开启了一段大量购书、大量阅读的时期。

余华成了海盐县新华书店的常客，以至于30多年后新华书店的工作人员依然对他印象深刻："余华常常来书店看书，几乎每周都来。"在他日后逐渐扩张的阅读版图里，川端康成、卡夫卡、福克纳、加西亚·马尔克斯、布鲁诺·舒尔茨、辛格、契诃夫、胡安·鲁尔福、博尔赫斯、鲁迅等文学名家都拥有姓名，直到有一天余华自己也跻身于优秀小说家的行列。余华将他的阅读版图命名为"温暖和百感交集的旅程"，他说：

我对那些伟大作品的每一次阅读，都会被它们带走。我就像是一个胆怯的孩子，小心翼翼地抓住它们的衣角，模仿着它们的步伐，在时间的长河里缓缓走去，那是温暖和百感交集的旅程。它们将我带走，然后又让我独自一人回去。当我回来之后，才知道它们已经永远和我在一起了。

在宽广阅读的滋养下，余华从读者成长为作者，并写出了一批优秀的小说作品，又影响了成千上万的读者。当然，阅读是没有穷尽的，他也依然在那段"温暖和百感交集的旅程"中跋涉。当面对文学的浩瀚、阅读的广博时，我脑海中浮现的是青年余华站在书店门口等待的情景，他对这个情景是这样描述的：

早晨7点整，我们小镇新华书店的大门慢慢打开。当时有一种神圣的情感在我心里涌动，这扇破旧的大门打开时发出嘎吱嘎吱难听的响声，可是我却恍惚觉得是舞台上华丽的幕布在徐徐拉开。

海盐县新华书店（海盐县档案馆供图）

虹桥新村26号

　　《西北风呼啸的中午》是余华写于1987年2月14日的短篇小说。在这篇小说中，主人公的名字也叫"余华"，和现实中塑造这个故事的作家余华同名。小说主人公"余华"的经历匪夷所思，他住在虹桥新村26号3室，在一个西北风呼啸的中午被"一个满脸络腮胡子的彪形大汉"踹塌了房门，并被喝令去见一个将死的朋友，而"余华"并不认识这个朋友。在一顿言语威逼后，"余华"被大汉引到了朋友的屋门口，那时朋友已经死了。事已至此，"余华"只能装作悲伤地进去吊唁，却又莫名其妙地让"一个素不相识也谈不上有什么好感的老女人"成了他的母亲。彼时，对"余华"来说最重要的是立刻找个木匠装上被大汉一脚踢开的大门，可他却只能莫名其妙地为一个陌生人守灵。

　　整篇小说呈现了一出荒诞不经的闹剧，但是这种荒诞并非空中楼阁，在作家余华的自述中可以捕捉到"影响的源头"。1986年春天，余华和朋友在杭州逛书店时看到了《卡夫卡小说选》，那是最后一本，朋友先买下了，余华便用一套《战争与和平》成功交换到这本《卡夫卡小说选》。此后，在阅读卡夫卡的过程中，余华发出了"大吃一惊""卡夫卡在川端康成的屠刀下拯救了我""我把这理解成命运的一种恩赐"的感慨，并在创作中逐渐坚信"作家没有必要依赖一种直接的、既定的观念去理解形式"。其中，卡夫卡的短篇小说《乡村医生》给了余华终生难忘的印象，余华因此明白了"自由对一个作家是多么重要"，他说："小说里面有一匹马，那匹马太奇妙了，卡夫卡完全不顾叙述上逻辑的要求，他想让那匹马出现，他就出现，他不想让那匹马出现，那匹马就没了。我想要是这样写，我也能写，大师都能这样写，那我也当然可以学习。"余华借由卡夫卡带来的启发进一步开拓了叙述和想象的边界，自此荒诞、先锋成为余华写作的一种力量。1986年底，余华进京参加《北京文学》笔会，交出了短篇小说《十八岁出门远行》，这篇小说也是余华的成名作。上面所说的《西北风呼啸的中午》也正是在卡夫卡影响的持续下焕发的创作。

用余华自己在《虚伪的作品》中的回答，他说："当我发现以往那种就事论事的写作态度只能导致表面的真实以后，我就必须去寻找新的表达方式。寻找的结果使我不再忠诚所描绘事物的形态，我开始使用一种虚伪的形式。这种形式背离了现状世界提供给我的秩序和逻辑，然而却使我自由地接近了真实。"余华越来越先锋。

创作的自由既不囿于客观现实，也不沉溺于主观想象，而是可以在两者之间自由穿梭飞翔。由此来看，《西北风呼啸的中午》实在暗藏了许多"密码"：不仅仅是小说主人公"余华"与作家余华同名，这是其一。其二，虹桥新村26号3室是小说主人公"余华"的寓所门牌号，作家余华青年时期就曾住在海盐县武原镇虹桥新村26号，那是一栋临近市河的两层小屋，如今已被拆除。其三，小说中当彪形大汉说起"你这个卑鄙的小市民"时，小说主人公"余华"回复："我不是什么小市民，这一点我屋内堆满的书籍可以向你证明。"事实上住在虹桥新村26号的岁月，亦是余华如饥似渴阅读与创作的时期，那个时期的余华是海盐县新华书店的常客，这屋内堆满书籍的形容与现实中的余华住处殊无二致。在创作《西北风呼啸的中午》这篇小说时，余华打破了虚构与现实的界限，他的写作"已经建立了现实经历之外的一条人生道路"，虚构与现实两条道路一起出发，并肩而行，有时交叉，有时分离，但是相辅相成，正如逐渐成长的作家余华与家乡海盐之关系。

2019年1月26日凌晨，我因海盐县乡贤大会事宜赴上海虹桥机场接余华返乡。深夜0点至凌晨2点，夜幕沉沉，汽车在高速上飞驰，我问余华："青年时期在海盐创作是怎样一种状态？"余华用"三只热水瓶的故事"回答了我。那是在20世纪80年代初期，余华20岁出头，从海盐县人民医院宿舍搬到了虹桥新村26号的临河小屋里，这意味着他有了独立的空间，他将工作之余的大部分时间都泡在这间小屋里，潜心阅读与写作。余华那时已经立志成为一名作家，他一天的时间安排是这样的：每天写作到凌晨两三点，然后睡到上午10点多，中午去医院宿舍父母处吃午饭，饭后拿上一瓶热水回到虹桥新村26号，整个下午写作，写累了，口渴了，就喝水，傍晚再去医院宿舍吃晚饭，因为傍晚到深夜的时间较中午到傍晚的时间要漫长得多，所以余华晚饭后会拿上2瓶热水再回虹桥新村26号，一直写到深夜休息，第二天继续。没过几年，1986年冬天，余华写出了短篇小说《十八岁出门远行》，评论家李陀告诉他："你已经走在中国文学的最前列了。"实际上，答案早就已经写在了虹桥新村26号无数个辛勤写作的日夜里。

海盐县武原镇卫生院（海盐县档案馆供图）

南　门

　　每个城市都有每个城市的气质，如果够幸运，有的城市还会拥有一两个对其形容精到的作家，譬如北京城有老舍的形容，上海则有张爱玲的形容。与北京、上海相比，海盐真的可以说是一座蕞尔小城了，但是海盐够幸运，这一块534平方公里的大地上竟然滋养出了余华这样一位作家。如果要从余华所有的小说作品，无论是长篇、中篇，还是短篇之中，挑选一部可以代表海盐这座城市气质的小说，《在细雨中呼喊》是不二之选，这也是余华的长篇小说处女作。

　　1991年9月17日，余华写完这部长篇小说时，才31岁。当初小说的名字还是《呼喊与细雨》，后来才改名为《在细雨中呼喊》。在这部小说中，余华化用了孙荡（即沈荡，在海盐话中"孙"与"沈"发音相同）、北荡、三环洞桥等极具本土元素的海盐地名，更需要注意的是小说以"南门"为开篇，以"回到南门"为结尾。如果要找余华成长和创作过程中与海盐关联性强的几个地标，我以为，杨家弄、海盐县人民医院、虹桥新村固然是不可忽略的，南门同样也排在非常重要的位置。

小说主人公孙光林本来的家在南门，但他在这个家毫无存在感，父母兄弟都欺负他、抛弃他，于是他在很小的时候就被领养到了一个叫孙荡的小镇，养父叫王立强，养母叫李秀英。后来王立强自杀身亡，李秀英则在久病后故去，孙光林重新回到了南门。在这部小说的结尾，余华写道：

借着火光，我看到了那座通往南门的木桥，过去残留的记忆让我欣喜地感到，我已经回到了南门。我在雨中奔跑过去，一股热浪向我席卷而来，杂乱的人声也扑了过来。我接近村庄的时候，那片火光已经铺在地上燃烧，雨开始小下来。我是在叫叫嚷嚷的声音里，走进了南门的村庄。

我的两个兄弟裹着床单惊恐不安地站在那里，我不知道他们就是孙光平和孙光明。同样我也不知道那个跪在地上号啕大哭的女人就是我的母亲。他们旁边是一些与火争抢出来的物件，乱糟糟地堆在那里。接下去我看到了一个赤裸着上身的男人，秋夜的凉风吹在他瘦骨嶙峋的胸前，他声音嘶哑地告诉周围的人，有多少东西已经葬身火海。我看到他眼睛里滚出了泪水，他向他们凄凉地笑了起来，说道：

"你们都看到大火了吧。壮观是真壮观，只是代价太大了。"

　　我那时不知道他就是我的父亲，但他吸引了我，我就走到他身边，响亮地说："我要找孙广才。"

　　这是一部残酷童年式的小说，他以一个儿童的视角，见证了叫孙广才的这个父亲如何将自己培养成为彻头彻尾的无赖，也见证了成人世界里的爱恨情仇和悲欢离合。而主人公孙光林自身的经历在小说开篇不久的段落就埋下了伏笔，那句"再也没有比孤独的无依无靠的呼喊声更让人战栗了，在雨中空旷的黑夜里"，几乎就是他所有残酷童年的具象表达。

　　余华在《在细雨中呼喊》这部小说里展现出了优秀的建构小说和叙述长篇故事的能力，在持续创作出一批优秀的中短篇小说之后，余华在他的第一部长篇小说中找到了颇为纯熟的叙述方式，这也为他在此后4年间创作完成《活着》和《许三观卖血记》2部重磅力作积累了重要的长篇小说写作经验。

　　2018年8月4日，余华在央视《朗读者》节目中参与了"故乡"这一主题的分享。节目主持人董卿与余华展开了精彩的访谈对话，余华的机智与幽默引来了很多观众的掌声和笑声。在15分钟左右的访谈时间里，余华言之所及，尽是家乡海盐的痕迹。他回想起在海盐成长的往事，回想起住在杨家弄时从二楼能看到广阔的田野，回想起住在医院宿舍时常常夜里被家属失去亲人的哭声吵醒，回想起在医院太平间睡午觉的凉爽夏天，回想起做牙医时的乏味经历，回想起想进文化馆而初学小说创作的趣事。1993年，余华定居北京，从此海盐成为他远在千里之外的故乡。这个故乡意味着什么？余华说："写作需要找一个让我感觉到安全的地方，这个地方就是故乡，所以我写作就是回家。"他还借用《一千零一夜》中的一个故事表达了自己的感悟："你只有离开了你最熟悉的地方以后，你再回来，你才知道你真正的财富在哪里。"主持人董卿随即说道："从某种意义上来讲，离开成就了你。"余华同样不假思索地表示："对，离开肯定是成就了我。"离开海盐、定居北京已近30年，余华与故乡海盐的关系与情感并未随着空间距离的拉大而淡化，反而随着时间的拉长而深化。那一夜，海盐全城最热的话题就是"余华与《朗读者》"，家乡人纷纷谈论起余华，谈论起这个从小镇出发走向全国乃至国际的大作家，谈余华与海盐的往事点滴，谈文学的梦，谈故乡的情，谈我们共同的记忆中的、现实中的海盐。

余华曾说："'我只要写作，就是回家。'我的每一次写作都让我回到南方……在经历了最近二十年的天翻地覆以后，我童年的那个小镇已经没有了，我现在叙述里的小镇已经是一个抽象的南方小镇了，是一个心理的暗示，也是一个想象的归宿。"（《我们生活在巨大的差距里》）不过无论如何，南门这个地名作为家、作为故乡的一种象征被留存下来了。某种程度上，余华以小说的形式为海盐这座城市创作了一部传记。

身为一个海盐人，如果遇到读者捧出《在细雨中呼喊》，仿佛就是遇到一记走心的暗号。世事如烟，容易飘散，一部好书，哪怕是记忆之书，有时候也会照亮我们的回家路。而我每当路过南门，耳畔也时常响起余华在朗诵前平静朴素的自白："仅以此篇献给我记忆中的故乡——海盐南门。"

实际上，南门在海盐确实存在，不仅仅是如今的海盐尚有南门社区、南门广场之谓，历史上的南门更与故乡有着密切的关联。海盐置县于秦王二十五年（前222），历史上四徙县治后，于唐开元五年（717）定县治于马嗥城西北（今武原街道），明代海盐人胡震亨辑著的《海盐县图经》中对这一县城有记载："陆门四：曰靖海，曰望吴，曰来薰，曰镇朔。"这四门分别指古海盐县城的东门、西门、南门和北门。来薰就是南门，薰有薰草、香气之义。白居易《首夏南池独酌》有诗句："春尽杂英歇，夏初芳草深。薰风自南至，吹我池上林。"想想，和煦的东南风拂面而来，风中夹杂着淡淡的芳草香，临南门而故乡近，教人如何不思乡！

最近这两年，我向余华问起过："关于南门，你还有什么印象？"余华告诉我，小时候，海盐县城范围比较小，有一次他和玩伴们一起玩耍，玩着玩着就从杨家弄北端跑到了南门，这几乎就是从靠近城北的地方跑到了城南，其实现在看来，也不过是2公里左右的路。但那个时候年纪小，觉得已经走了很远的路，南门外就是农村了，于是知道不能再往外走了，再走出城就该迷路了。

　　城外的世界也许会让人迷路，但也很迷人。后来的岁月里，余华不断成长，不停奔跑，一步一步从海盐走向了嘉兴，从嘉兴走向了北京，从北京走向了国际。很久以后，年近60岁的余华在回首过去时坦露肺腑之言："无论将去的地方有多少个，回家的地方只有一个。"

　　这是一个作家与故乡的关系。

海盐县文化馆

1977年，余华从海盐中学毕业，是年冬天参加了已经中断10年刚刚恢复的高考，可惜最终落榜。次年3月，余华进入海盐县武原镇卫生院做起了牙医。5年的牙医生涯，每天8小时的工作以及1万张没有风景的嘴巴，让余华感到了职业倦怠。

余华并不是一个安于现状的人，虽然他生活在江南小镇，但这不影响他心怀大梦，至少有2件事情反映出他竭力改变自我命运的内心渴望。第一件事是，身为牙医的余华在空闲的时候会看着外面喧闹的大街，有时候会看上一两个小时，直到有一天在看大街的时候，余华心底涌起一股悲凉，一个可怕的念头产生了——自己很有可能一辈子都将看着这条大街，他突然感到人生没有了前途。第二件事是，有一个朴素的句子曾让余华激动，那个句子是"秋天，我漫步在北京的街头……"一个小镇青年萌发了对首都北京的向往，他对秋天北京的街头产生了好奇之心，他想出去看看。

如何走出第一步呢？余华觉得肯定不能继续拔牙了，文化馆的工作看上去倒是不错，可以到处游荡，自由自在，最关键的在于它还是一份体面的工作。余华做起了功课，他了解到进入文化馆有3条路，要么会作曲，要么会画画，要么会写作。

对余华来说，作曲的经验确实有，在他还是一个初中生时，他就把鲁迅先生的《狂人日记》谱写成了歌，谱写的方式是"先将鲁迅的作品抄写在一本新的作业簿上，然后将简谱里的各种音符胡乱写在上面"，当然这是"一首无人能够演奏，也无人有幸聆听的歌"。余华并不能朝着音乐的方向再跨出半步。那么绘画呢？又是一门需要从头学起的技术，学生时代的余华对画的精彩回忆，一直停留在"文革"时期大字报的漫画上，而关于绘画的训练更是匮乏，所以他也只能止步于绘画的门槛之外。现在只剩下写作这一个选择了，余华觉得自己已经高中毕业，识字起码也有五六千字，从难度上看，写作似乎比作曲和绘画简单一些。于是，余华开始写作了。

那段时期的余华，在武原镇虹桥新村26号的小屋里埋头写作，并且不是一时兴起，大有势必要写出点成绩来的冲劲。余华在《我的文学道路》中回忆道："我记得在海盐的冬天写小说时，经常写到脚没有感觉，先是冻得发麻，最后就没有脚了，站起来折腾半天，发麻的感觉又回来了，又折腾了半天以后，终于恢复了正常的脚的感觉。"冬天写到脚发麻，夏天写到汗水浸湿稿纸，这是余华默默无闻时辛勤写作的日子，他常常在晚饭后拎着2个热水瓶从父母所住的海盐县人民医院职工宿舍回到虹桥新村26号小屋，写作到深夜。

余华将写好的一篇篇小说寄往《人民文学》《收获》《北京文学》《上海文学》等杂志，如果被退回来就再寄往重要性弱一些的杂志。写作初期，他被退稿的小说像一片片雪花一样重新飘回海盐，当然在众多雪花之中也会夹杂着好运，改变他命运的时刻降临了。1983年，余华的短篇小说《第一宿舍》《"威尼斯"牙齿店》发表在《西湖》杂志上，《鸽子，鸽子》则发表在《青春》杂志上。而在这一年的11月，来自《北京文学》编委周雁如女士的电话更让他欣喜万分——余华寄给《北京文学》的3篇小说都要发表，其中一篇需要稍微修改一下，她希望余华立刻去北京。那3篇小说是《星星》《竹女》《月亮照着你，月亮照着我》，后来分别发在1984年《北京文学》第1期、第3期和第4期上。余华去北京改稿的事情在海盐县城引发了轰动，1个月后，余华被借调到了海盐县文化馆。又过了几个月，1984年8月，余华正式调入海盐县文化馆，开启了长达6年的新旅程。

如果说"牙医的人生道路让余华感到一片灰暗"，那么海盐县文化馆则让余华产生了如同在天堂工作一般的幸福感。这种感觉来自对时间把握的自由度。余华多次讲起他第一天上班的经历。第一天去文化馆上班他迟到了3个小时，但没有招致批评，这让他感觉非常美好。当年的海盐县文化馆人才济济，美术上有黄炳虹、朱植人，民俗上有顾希佳，音乐上有钱建中，摄影上有陈家龙，小说上有余华，等等，整个文化馆创作氛围自由宽松。正是在这样的文艺土壤中，余华更加舒展了他想象的翅膀，飞翔于文学的宽广世界中。

在海盐县文化馆工作，采风是其中一种相对普遍的创作形式。彼时，包括民间故事、民间歌谣、民间谚语在内的"民间文学三套集成"工作逐渐兴起，海盐县还专门成立了民间文学三套集成领导小组，下设集成编辑小组。根据《海盐县文化志》记载，全县17个乡镇共有135人参加了普查采风，采风780余人次，采录到民间故事307则、民间歌谣239首、民间谚语2623条。余华作为海盐县文化馆工作人员，自然常常下乡采风，他奔走在沈荡、齐家、于城、官堂、长川坝、澉浦等地的乡村，搜集着民间故事、歌谣和谚语，而这份经历也成为他日后创作的重要灵感源。譬如在长篇小说《活着》的开头，余华是这么写的："我比现在年轻十岁的时候，获得了一个游手好闲的职业，去乡间收集民间歌谣。"福贵的故事，就是小说中这个文艺采风者的"收成"。

从1983年底被借调到海盐县文化馆到1989年底调入嘉兴市文联，余华在海盐县文化馆工作的6年，也是他摸索小说创作并不断找到创作方向，形成自己风格和影响的关键期。这段时期以1987年为分界线大致可以分为2个阶段。第一阶段发表了诸如《第一宿舍》《"威尼斯"牙齿店》《鸽子，鸽子》《星星》《竹女》《月亮照着你，月亮照着我》《甜甜的葡萄》

《男儿有泪不轻弹》《三个女人一个夜晚》《老师》等尚处于摸索期的短篇小说；第二阶段发表了《十八岁出门远行》《四月三日事件》《西北风呼啸的中午》《一九八六年》《河边的错误》《现实一种》《世事如烟》《难逃劫数》《往事与刑罚》《古典爱情》《鲜血梅花》《两个人的历史》等一批重要的中短篇小说。其中，《十八岁出门远行》一文问世后，李陀告诉余华："你已经走在中国文学的最前列了。"这给予了余华莫大的写作自信。在这段时期，余华逐渐成了先锋派小说的代表人物之一，更成了我国文坛冉冉升起、不可忽视的新星。

而在写作初期，在余华还没有赢得海盐县外文学杂志发表机会的时候，他的写作与一本杂志有着难以割断的缘分，这本杂志便是海盐县文化馆主办的《海盐文艺》。《海盐文艺》创刊于1972年5月，每年出刊1期，1984年停刊，2000年以后复刊。余华在1984年《海盐文艺》停刊之前是它的读者和作者，在2000年复刊以后则成了它的文学顾问。说起余华的处女作，许多人都会记得发表在《西湖》杂志的《第一宿舍》，实际上这篇处女作最早刊发于《海盐文艺》。余华于1982年、1983年、1984年分别在《海盐文艺》上发表了《第一宿舍》《疯孩子》《美丽的珍珠》3个短篇小说，其中《第一宿舍》以"花石"的笔名发表在头条位置，1983年又发表在《西湖》上，《疯孩子》则由5000字增加到12000字，并更名为《星星》发表于《北京文学》1984年第1期，还获得了1984年度《北京文学》优秀作品奖。

　　从牙医到文化馆干部，再逐渐成长为闻名于世的大作家，余华用实际行动打消了他的所谓"可怕的念头"——没有做一辈子牙医，也终于能够有机会"漫步在北京的街头"——去北京改稿、赴北京鲁迅文学院学习，他实现了心中理想，而理想这个看似虚幻的憧憬并没有在余华生命的任何时段消减它的力量。也因此，我们才看到了今天的余华。

余华在海盐住过的几个地方

　　作家的世界都在他的笔下，随着阅读余华作品的逐渐深入，他的往昔世界在我心中也逐渐完整起来。余华随母亲姓，他有一个哥哥随父亲姓，名字叫华旭。2018年的一个冬夜，我在海盐县武原街道一家名叫天水雅居的饭店里第一次见到了华旭，我捧着《兄弟》这部书与华旭、余华合影，作为一种留念。余华在《最初的岁月》《医院里的童年》等作品中多次提到他的这位大哥年少时候调皮捣蛋的事迹，以至于华旭的"大哥"形象深入人心。于是，在所有称呼中，我发现叫"华旭大哥"最为顺口，有时候叫得顺了就叫成了"华哥"。其间，我约华旭大哥空时带我走走他们曾经在海盐住过的几个地方。华旭大哥非常爽快地答应了。

　　后来由于各自忙碌，这个约定搁置了很长一段时间，直到2019年立冬前一天下午，这次访旧之旅才算成行。我去华旭大哥家楼下接他，并商定按照他们当年住所的先后次序来行走。街上人群熙攘，车流往来，说是去看几个当年的住所，我心中更有一种"去访一段文学史的发生"的情绪。

第一站，我们来到了临近海盐县武原街道海滨路的杨家弄口。1962年，余华父亲华自治医师因工作调动至海盐县人民医院任外科医生，于是举家迁来海盐，当时他们入住的是杨家弄1号，余华2周岁，哥哥华旭4周岁。根据华旭大哥回忆，杨家弄1号是老式的江南宅院，有南、北2进，幽深的院子里还种有葡萄，搭着葡萄架，他们家分到其中2个房间，总共只有十五六平方米，房间内都是泥地，比较潮湿，那个时候他的母亲余佩文医师因为水土不服还患了水肿。在余华短篇小说《甜甜的葡萄》的开头，有这样的叙述："徐奶奶院子里的葡萄藤又结满了一串串小小青青的葡萄，五岁的小刚刚在院外走来走去，不时从门缝里窥视这样诱人的葡萄树，那一串串葡萄跟珍珠一样，令人神往。"而在中篇小说《现实一种》的开头，余华则写道："那天早晨和别的早晨没有两样，那天早晨正下着小雨。因为这雨断断续续下了一个多星期……天刚亮的时候，他们就听到母亲在抱怨什么骨头发霉了。母亲的抱怨声就像那雨一样滴滴答答。"童年记忆对一个作家的影响是深远的，无论是院子里的葡萄藤，还是患了水肿的母亲，这些记忆在某些时刻会自然苏醒。成为作家的余华常常在如烟往事中钩沉起这个或那个记忆，当"一个记忆回来了"，也许正是一篇小说的灵感被同时激活了。

杨家弄1号于20世纪70年代左右被拆除，之后造了学校宿舍。余华一家在杨家弄1号只住了3年左右，后来一家人搬到了这条弄的最北端。沿着狭长的杨家弄继续向北走，华旭大哥一路还原着当年弄里的生活情景：这条弄里的住户以教师、医生、护士为主，知识分子比较多。篆刻名家任小田先生当时就住在杨家弄3号，海盐人皆熟知任小田擅长篆刻和画鱼，实际上他的本职是妇科医生，曾编有《任氏妇科验方》书稿。华旭、余华兄弟俩小时候在杨家弄里跑来跑去，也去过任小田先生家玩，不过任小田先生出生于1903年，兄弟俩与之有五六十岁之差，幼时也便没有更深的交流。反倒是有着数进院落的杨家弄7号，除了医院工作人员外，还住着工人，华旭和余华兄弟俩常常跑去玩耍。华旭大哥回忆道："杨家弄7号很好玩，门堂进去，两边都是房子，再走一进，也还是房子，里面院子很大，很热闹。"

那时候，杨家弄并没有像现在弄里格局一般，住宅之间紧密相连，实际上，除了一小部分是房屋外，更多的是农田和鱼塘。从1965年到1971年，余华一家住在杨家弄11号，也即如今的杨家弄84号，虽然房屋的编号随着时代发展在改变，但这一栋建筑在海盐人的记忆中有着更为持久不变的名字——汪家旧宅。

汪家旧宅始建于清代晚期，现存有两层砖木楼阁建筑及一天井，占地面积约400平方米，是典型的江南民居，如今已是海盐的文物保护点。华旭大哥告诉我："我们一家当初住在汪家旧宅的东侧，楼下有父亲搭出来的灶披间，一家四口住在二楼，父母一个房间，我们兄弟俩一个房间。父母去医院上班后，我们俩就被锁在了家里。好在东墙上有四面窗户，我们常常从北面的两个窗户往外看风景。"在自传式散文《最初的岁月》里，余华回忆了这段往事："我的父母上班去后，就把我和哥哥锁在屋中，我们就经常扑在窗口，看着外面的景色。我们住在胡同底，其实就是乡间了，我们长时间地看着在田里耕作的农民，他们的孩子提着割草篮子在田埂上晃来晃去。"

如果说入职海盐县文化馆后的采风是余华深入了解农村风情的关键经验，那么汪家旧宅二楼那扇窗户所见的风景就是余华对农村农民认识的最初启蒙。就像余华在散文《土地》中的叙述："回忆使我看到了过去的炊烟，从农舍的屋顶出发，缓慢地汇入傍晚宁静的霞光里。田野在细雨中的影像最为感人，那时候它不再空旷，弥漫开来的雾气不知为何让人十分温暖。我特别喜欢黄昏收工时农民的吆喝，几头被迫离开池塘的水牛，走上了狭窄的田埂。还有来自蔬菜地的淡淡的粪味，这南方农村潮湿的气息，对我来说就是土地的清香。"这番南方农村的场景，在小说《在细雨中呼喊》《活着》中也可以找到相似气质的形容。

那时的汪家旧宅，四周生意盎然，东侧是大片大片的农田，南侧是供销社，西侧就是海盐县城的古城墙，未坍圮的城墙是可以爬上去的，城下是护城河，再过去就是西河滩谷仓头了。汪家旧宅北面有一条宽2米左右的小溪，紧接着再往北就是汪家池塘，居民们会在此洗衣服洗菜，再往北是大一点的朱家池塘，用来养鱼，也适合游泳。正当华旭大哥回忆的时刻，汪家旧宅的老住户汪乐平先生走了过来，加入了回忆的行列。汪乐平先生出生于20世纪40年代，在老宅里生活了70多年，与余华一家曾是邻居。汪乐平先生回忆道："当年东门大队在朱家池塘里养了很多鱼，一到冬天就把池塘里的水抽干，大家一起抓鱼，场面非常热闹。"华旭大哥也回忆起了许多童年趣事，他说："有时候，我们兄弟俩玩着玩着就打起架来，弟弟比我小2岁，打不过我，被我揍了一顿后就哭。然后等我爸回来，我弟就告我的状，我爸又会把我揍一顿，哈哈。"对于童年的夏天，华旭大哥怀念起和弟弟余华在朱家池塘游泳解暑的快乐时光，也难以忘记汪家旧宅的那一口水井，大家会将西瓜放在桶内，再吊入水井内，一段时间后再拎上来，冰凉的西瓜清爽了夏夜。

　　11岁以前，余华的童年往事与海盐的杨家弄密切相关。1971年，华旭步入初中，余华则在海盐县向阳小学读四年级，一家人从汪家旧宅搬到了海盐县人民医院职工宿舍。余华曾在《阅读的故事》一文中对医院宿舍有过叙述："这是一幢两层的楼房，楼上楼下都有六个房间，像学校的两层教室那样，通过公用楼梯才能到楼上去，这幢楼房里住了在医院工作的十一户人家，我们家占据了两个房间，我和哥哥住在楼下，我们的父母住在楼上。"宿舍楼介于向阳桥和广福桥之间，北侧就是市河，那时候叫新开河，东面有灯光球场和海盐电影院，西面则是海盐县人民医院内科、外科、病区、手术室和办公室等地，最特别的在于宿舍南面50米的地方就是太平间，太平间的旁边是厕所。

"我们常常在半夜听到哭声。"时隔快50年，华旭大哥对这段记忆依然熟悉。而余华也多次谈起这段经历，他回想起基本上每天晚上都会被家属失去亲人的哭声吵醒，更在日积月累的经验中发现人往往更容易在后半夜逝去。但对此，他并没有恐惧之心，上厕所常常路过太平间，甚至有时还会在太平间的水泥床上睡午觉，一觉醒来汗水会浸出自己的体形。长大以后，余华读到海涅的诗句"死亡是凉爽的夜晚"，感到切身共鸣。不仅对"死亡的哭声"习以为常，余华对医院里来苏儿的气味、沾满血迹的手术服、血肉模糊的提桶也早已见怪不怪了。正如余华自己的总结一样："我童年的岁月在医院里。"而这一段岁月并没有消失，后来逐渐融进了20世纪80年代后期余华的创作之中，成了他那一批先锋小说作品的精神底色。

1977年，余华高中毕业，高考落榜没有考上大学，次年3月进入海盐县武原镇卫生院当起了牙医。日复一日的拔牙工作是无聊乏味的，余华常常站在窗口看着外面的大街，直到有一天心里突然涌上一股悲凉，想到自己将会一辈子看着这条大街，突然感到没有了前途，人生一片灰暗。为了改变自己的命运，余华开始认真写小说了。

那时，余华一家已经搬到了古城路到底的新建医院职工宿舍，也就是在老海盐中学（今海盐县向阳小学）南侧。《海盐县人民医院志》记载："1975年，医院在杨家弄口和古城路口分别建造2幢5楼5底职工住宅。"余华一家住在职工宿舍一楼一底，宿舍西面还有池塘。这个住所带给余华印象较深的是它还有一个院子，就是这个院子承载了余华写作初期的许多期待。余华后来在《我叙述中的障碍物》一文中提到："当时我们家有一个院子，邮递员骑车过来把退稿从围墙外面扔进来，只要听到很响的声音就知道退稿来了，连我父亲都知道。有时候如果飞进来像雪花一样飘扬的薄薄的信，我父亲就说这次有希望。"这个院子见证了余华最初写作的那批作品的命运。

余华真正异常努力投身文学、钻研写作的第一个高潮期出现在一个叫"虹桥新村"的地方。那时候，余华已经18岁成年了，哥哥华旭当兵去了，父母给余华在虹桥新村找了一个单独的住处，那是一幢临河的2层小楼。华旭大哥告诉我，当年从2层小楼的东侧外楼梯进入，可以到余华的住处，地址是虹桥新村26号3室（今已被拆除）。20世纪70年代末80年代初，余华所居虹桥新村26号是当时海盐文艺青年的聚集场所，他们常常在这里彻夜长谈，关于文学与理想。

余华也就是在这栋小楼里，沉浸于阅读与写作之中，试图为单调的牙医生涯争取一个光彩的转折。凭借着勤奋的精神和写作的天赋，这个转折很快就到来了。1983年，余华的短篇小说《第一宿舍》《"威尼斯"牙齿店》发表于《西湖》杂志，短篇小说《鸽子，鸽子》发表于《青春》杂志，这一年11月他更是接到了《北京文学》编辑部打来的改稿电话，他成了海盐第一个赴北京改稿的人，次年他的短篇小说《星星》发表在了《北京文学》1984年第1期头条的位置。

一个作家诞生了。

注：2019年11月7日，我在余华哥哥华旭先生的带领下，走访了余华成长过程中在海盐的几处住所，其中包括杨家弄1号、杨家弄11号（汪家旧宅）、海盐县人民医院职工宿舍（临近市河、临近古城路2处）、虹桥新村26号。此外，据余华本人回忆，除了以上5处住所外，余华在海盐还住过时春小吃部楼上的公寓房以及朝圣桥附近的海盐县文化馆宿舍。

在杨家弄汪家旧宅，听汪乐平先生介绍余华童年往事
（苗永摄）

杨家弄汪家旧宅（苗永摄）

余华作品中的海盐地名概览

千亩荡

《海盐县水利志》和《浙江省海盐县地名志》记载：千亩荡位于欤城、沈荡两镇交界处，面积0.3837平方公里，属清墅漾的一部分，曾是海盐县渔场的养殖基地。东南距离县城武原镇12.5公里。如今，千亩荡是海盐县唯一在用饮用水源地，是50万海盐人民的"大水缸"和"生命线"。余华在短篇小说《死亡叙述》的开头写道："本来我也没准备把卡车往另一个方向开去，所以这一切都是命中注定的。那时候我将卡车开到了一个三岔路口，我看到一个路标朝右指着——千亩荡六十公里。"

海盐县图书馆

《海盐县文化志》记载，1949年底，海盐在接收原友联社图书室（民间私营性质）的基础上设立县人民文化馆图书室，地址在武原镇天宁寺四面厅，藏书3000多册。1964年，藏书近13000册。1967年11月停止开放。后书库几次遭窃，藏书严重受损。1977年12月，在海盐县文化馆图书室基础上建立海盐县图书馆，藏书近2万册。时建制为三馆（文化馆、图书馆、博物馆）合一性质，即三块牌子一套班子。行政工作由县文化馆领导统管。1984年8月4日，海盐县委、县政府为纪念海盐籍文化名人张元济，下发《关于创建"张元济图书馆"的决定》，将原海盐县图书馆更名为张元济图书馆，并开始规划筹建新馆舍。张元济图书馆于1985年5月8日举行奠基仪式，2年后的1987年5月8日举行开馆典礼。余华在散文《最初的岁月》中回忆道："我在小学毕业的那一年，应该是一九七三年，县里的图书馆重新对外开放，我父亲为我和哥哥弄了一张借书证，从那时起我开始喜欢阅读小说了，尤其是长篇小说。我把那个时代所有的作品几乎都读了一遍，浩然的《艳阳天》《金光大道》，还有《牛田洋》《虹南作战史》《新桥》《矿山风云》《飞雪迎春》《闪闪的红星》……当时我最喜欢的书是《闪闪的红星》，然后是《矿山风云》。"

曲尺弄

曲尺弄，位于海盐县城海滨西路西城门桥西北侧，呈南北走向，北接西河滩谷仓头，因形似曲尺而名。余华在中篇小说《此文献给少女杨柳》中多次写到曲尺弄："他在那家医院的收费处打听到了杨柳的住址。杨柳住在小城烟曲尺胡同26号。""而曲尺胡同26号与名叫杨柳的少女，在他的记忆里如一片枯萎的树叶一样飘扬了出去。""然后后来她并没有按照打听到的地址，去敲曲尺胡同26号的黑漆大门。""杨柳也住在小城烟，她住在曲尺胡同26号。我把杨柳的地址写在一张白纸上，放入了上衣左边的口袋。""曲尺胡同26号的黑漆大门已经斑斑驳驳。我敲响大门时，听到了油漆震落下去的简单声响。"曲尺胡同26号以及住在其中的少女杨柳像个谜一样盘旋在小说之中，一如弯弯曲曲的尺子一般的巷弄。胡同常用于北方话，弄则常用于南方话，海盐的曲尺弄存在于余华的记忆之中，而《此文献给少女杨柳》这篇小说作于1989年2月14日，彼时余华已有赴北京改稿、赴北京鲁迅文学院参加文学讲习班学习、入读鲁迅文学院和北京师范大学联合举办的创作研究生班等经历，那段时间颇受北方话影响，故将曲尺弄习惯性地称为曲尺胡同。"胡同"一词后来也多次出现在余华长篇小说《活着》、散文《最初的岁月》等作品中。

杨家弄

1984年版的《浙江省海盐县地名志》记载："杨家弄，曾名向阳弄，以杨姓得名。位于海滨东路，全长200米，宽3米，混凝土路面。西通姜尺弄。'文革'期间改称向阳弄。1981年9月批准恢复杨家弄原名。内有县供销社。"明代胡震亨辑著的《海盐县图经》有"杨家巷"的记载，杨家巷就是如今的杨家弄，也说明杨家弄至少已有500年的历史。余华在中篇小说《我胆小如鼠》中塑造了胆小如鼠的"杨高"这一形象，小说第三节写道："我父亲没有说错，我遇上一群鹅的时候，两条腿就会忍不住发抖。我最怕的就是它们扑上来，它们伸直了脖子，张开着翅膀向我扑过来，这时候我只好使劲地往前走。我从吕前进的家门口走了过去，又从宋海的家门口走过去，还走过了方大伟的家，走过了林丽丽的家，可是那群叫破了嗓子的鹅仍然追赶着我，它们嘎嘎嘎嘎地叫唤着，有一次跟着我走出了杨家弄，走完了解放路，一直跟到了学校，它们嘎嘎叫着穿过了操场，我看到很多人围了上来，我听到吕前进他们向我喊叫：'杨高，你用脚踢它们！'"余华本人少年时期就曾住杨家弄1号和杨家弄11号。

五星桥

《武原镇志》记载，五星桥曾名西门吊桥、五反桥，连接海滨东路和海滨西路，原为木桥，东西跨护城河。明永乐十六年（1418）都指挥谷祥等复修城墙，四城门各置吊桥，因地处西隅，名西门吊桥。1952年改建为钢筋混凝土平桥。1971年曾随街道一起拓宽，并改名五星桥，全长10米，宽10.5米。2001年，桥面加宽，桥名更为西城门桥。由此可见，五星桥在不同时期有着不同的名字，或因时代特色而名，或因地理区位而名，如今依然保持着西城门桥的名字。余华在长篇小说《许三观卖血记》最后一章两次写到许三观走过五星桥，一次是笑着走过，一次是哭着走过。

笑着走过，那是因为许三观的三个儿子许一乐、许二乐、许三乐都已经长大成人，成家立业，孩子们搬到别处居住了，他和妻子许玉兰的生活条件也好了很多，不再有缺钱的时候，身上的衣服也没有了补丁，更不用去卖血了。余华写出了许三观的欢乐：

> 这一天，许三观走在街上时，脸上挂满了笑容，笑容使他脸上的皱纹像河水一样波动起来，阳光照在他脸上，把皱纹里面都照亮了。他就这么独自笑着走出了家门，走过许玉兰早晨炸油条的小吃店；走过了二乐工作的百货店；走过了电影院，就是从前的戏院；走过了城里的小学；走过了医院；走过了五星桥；走过了钟表店；走过了肉店；走过了天宁寺；走过了一家新开张的服装店；走过了两辆停在一起的卡车；然后，他走过了胜利饭店。

第二次许三观是哭着走过五星桥，情绪的转变在于许三观得知自己的血因为年纪大再也卖不出去了。余华是这么写的：

> 他无声地哭着向前走，走过城里的小学，走过了电影院，走过了百货店，走过了许玉兰炸油条的小吃店，他都走到家门口了，可是他走过去了。他

向前走，走过一条街，走过了另一条街，他走到了
胜利饭店。他还是向前走，走过了服装店，走过了
天宁寺，走过了肉店，走过了钟表店，走过了五星
桥，他走到了医院门口，他仍然向前走，走过了小
学，走过了电影院……

沈 荡

沈荡镇位于海盐县境西北，东邻盐嘉塘，与齐家隔岸相
望，南靠于城，西依百步、横港，北与嘉兴市郊区余新镇接
壤，是一座典型的水乡古镇。境内水网密布，有盐嘉塘、百
步亭港、大横港、千亩荡、韦陀荡、化成荡、风箱荡等，其
地呈长条形，南北长约10.8公里，东西宽约3.2公里，总面积
26.68平方公里，其中水面3.42平方公里。明代海盐人胡震
亨辑著的《海盐县图经》中记载："沈荡镇，为大镇，去县
二十六里，水四通如碶石，盐西北境民皆赴之，列廛五六百
家，五谷丝布，竹木油坊，质店大贾，往往有。"沈荡自古商
业繁华，鼎盛时期当地更有"东市有木行，中市有钱庄，东
西爿两当，还有三十六爿稻米行"之说。在余华的长篇处女
作《在细雨中呼喊》中，主人公孙光林的继父王立强就来自
这座水乡小镇。他拉着孙光林的手离开了南门，坐上了一艘
突突直响的轮船，在一条漫长的河流里接近了那个名叫孙荡
的城镇。孙荡即沈荡，关于"孙"和"沈"的关系，余华在
另一篇散文《我的第一份工作》中解释过："在我们海盐话的

发音里'沈'和'孙'没有区别。"的确，在我们海盐人的日常说话中，"孙"和"沈"发音相同。

三环洞桥

光绪《海盐县志》卷四"舆地考·乡都"桥梁篇记载，尚胥桥，俗名"三环洞桥"，位于县西12里，元大德三年（1299）建，明万历四十三年（1615）知县何早重修。相传，桥下有老蚌大如船，月夜吐珠，其光映烛数丈；有泉眼，水甘洌，可以瀹茗。清乾隆五十四年（1789），里人富受天捐资重建。1972年，该桥在酱园港疏浚拓宽时改建为钢筋混凝土双曲拱桥。桥如其名，三环洞桥系三孔拱形桥，三孔净跨86.5米，宽4.7米，拱顶高程7.5米。20世纪90年代，酱园港航道再次拓宽，三环洞桥被拆除。余华在长篇小说《许三观卖血记》第二十八章写许三观要一路卖血去上海，途经许多地方，其中就有"三环洞"。《在细雨中呼喊》中第三章"遥远"这一节也有提到："我祖母坐在花轿里成为他人之妻的时候，我的祖父，二十三岁的孙有元，跟随着他的父亲，远近闻名的孙石匠，和一班师兄弟来到了一个叫北荡桥的地方，准备建造一座有三个桥洞的石拱大桥。"

通 元

通元位于海盐县境西南部，东邻官堂、长川坝，南连六里，西接石泉和海宁袁花，北靠于城、富亭。其地呈凸字形，东南横贯3.5至9公里，南北纵深8公里，总面积40.37平方公里（水面3.12平方公里）。境内水网纵横交织，有古秦溪、招宝塘、乌垢塘、里洪塘、常慕桥港、斜漾桥港、武通港、长山河等。历史上曾为佛教重地，有法喜、宁海两寺。明初商业兴隆，嘉靖《海盐县志》有"通玄寺"记载。清康熙年间已有各类店铺百十余家。余华长篇小说《许三观卖血记》第二十八章中，许三观一路卖血去上海，沿途经过的地方中就有"通元"。

汪家旧宅

汪家旧宅位于海盐县武原镇杨家弄，修建于清代中晚期，距今已有180多年的历史，先后有4代汪氏子孙在此居住。汪宅坐北朝南，建筑规模较大，建造工艺精湛，木雕精美，时代特征鲜明，是海盐地区现存的、较为典型的晚清建筑之一。汪家旧宅原本有3进，其中前2进在20世纪城市建设过程中被拆除，现存一栋2层砖木楼阁式建筑及一天井，占地面积约400平方米。2002年，汪家旧宅被海盐县文体局公布为海盐县文物保护点。余华童年时期曾居住于此。后来，成为作家的余华多次在小说、散文作品中提及这栋汪家旧宅。其中最为典型是短篇小说《命中注定》。整篇小说余华都是围绕汪家旧宅的神秘展开的，他将命运的不确定性放进了这篇小说，也放进了汪家旧宅。余华是这么写的："陈雷是那个小镇上最富有的人，他拥有两家工厂和一家在镇上装修得最豪华的饭店。他后来买下了汪家旧宅，那座一直被视为最有气派的房屋。"而30年前，"陈雷带着（朋友）刘冬生穿越了整个小镇，又走过了一片竹林，来到汪家旧宅"，他们不仅绕着汪家旧宅向小燕子扔石子，还出现幻觉一般听到了院子里传来的"救命声"。长大后的陈雷买下了汪家旧宅，最后却离奇地被谋杀在这栋老宅之中。

三乐堂

三乐堂位于海盐县武原街道绮园内。绮园曾是清代海盐富商冯缵斋的私家园林，被上海古籍出版社"十大"系列丛书收录为"中国十大名园之一"，被古建筑园林艺术学家陈从周先生誉为"此园浙中数第一"。该园宅、园分立，其中宅位于园之西南，共有门楼、三乐堂、堂楼三进。三乐堂取自《孟子·尽心上》。孟子曰："君子有三乐，而王天下不与存焉。父母俱存，兄弟无故，一乐也；仰不愧于天，俯不怍于人，二乐也；得天下英才而教育之，三乐也。"余华长篇小说《许三观卖血记》中许三观三个儿子的名字，分别为许一乐、许二乐、许三乐。经向余华本人确认，许三观三个儿子的取名与绮园三乐堂无关。但是，许三观一生多次卖血为家庭遮风挡雨的善良品性，倒与孟子所言的"君子三乐"有几分相近之处，故做此记录。

南塘街

根据《武原镇志》记载，南塘街为南北向街道，南起海盐农机厂，北至大栅桥。全长约600米，宽3.5米，块石路面，为武原镇居民区。1949年新中国成立后建立南塘居委会，居委会设南塘街182号。区内有县种子公司、武原供销社和门市部、海盐日用五金厂、海盐印染服装厂、海盐童车厂、南塘点心商店，以及个体商店。南塘街在海盐人的记忆中一直是商业繁华之地，随着城市变迁今已被拆除，商业区也变成了住宅区。许三观的妻子许玉兰就在南塘街上工作。余华在长篇小说《许三观卖血记》第十四章中写道，林芬芳对许三观说："我认识你的女人，我知道她叫许玉兰，她是南塘街上炸油条的油条西施，她给你生了三个儿子，她还是长得像姑娘一样，不像我，都胖成这样了。你的女人又漂亮又能干，手脚又麻利，她买菜的时候……我没有见过像她这么霸道的女人……"

南　门

明代海盐人胡震亨辑著的《海盐县图经》中对这一县城有记载："陆门四：曰靖海，曰望吴，曰来薰，曰镇朔。"这四门分别指古海盐县城的东门、西门、南门和北门。来薰就是南门，薰有薰草、香气之义。如今，海盐仍有南门社区、南门广场之谓，区位亦在古海盐县城的南门附近。南门在余华文学版图中有"故乡"之意。作为余华长篇小说处女作的《在细雨中呼喊》，其开篇第一章第一节就从"南门"开始，而全书末尾主人公孙光林又回到了南门："借着火光，我看到了那座通往南门的木桥，过去残留的记忆让我欣喜地感到，我已经回到了南门。"

海盐县文化馆

《海盐县文化志》卷一对"县文化馆"有专门介绍。海盐县文化馆，原名为海盐县人民文化馆，成立于1949年12月，馆址设于天宁寺四面厅。1950年9月，海盐县人民政府另拨中大街原"王同源"老屋做文化馆办公室、活动室和部分职工宿舍，四面厅及金刚殿做图书室。1952年10月，海盐县人民文化馆更名为海盐县文化馆。1953年，中大街馆舍转拨海盐县供销社，四面厅改作馆舍，图书室搬入天宁寺金刚殿。1963年3月，海盐县文化馆迁至朝圣桥河西街原武原镇中心医院旧址。1971年初，拆除天宁寺四面厅，新建馆舍450平方米（原天宁寺路15号），下设图书文物、文艺创作、群众文艺、后勤等室组。1977年，以县文化馆图书室、文物管理组为基础，分别建立县图书馆和县博物馆，实行"三块牌子、一套班子"机构模式。1985年9月，县图书馆、县博物馆分别独立建制。县文化馆时有在编人,14名，下设行政、文艺辅导和美术摄影3组。1989年和1992年均被省文化厅考核评定为二级馆。余华在自传式散文《最初的岁月》中写道："那时候（当牙医期间）我最大的愿望就是能够进入县文化馆……于是我开始写作了，而且很勤奋。写作使我在干了五年的牙医以后，如愿以偿地进入了县文化馆。"1983年底，余华因写作才华被借调至海盐县文化馆，次年8月正式调入海盐县文化馆，直到1989年底调入嘉兴市文联，余华在海盐县文化馆一共工作了6年时间。

海盐县人民医院

《海盐县人民医院志》记载，海盐县人民医院位于海盐县政治、经济、文化中心武原镇，是全县唯一一家集医疗、教学、科研、急救、预防保健为一体的二级甲等综合性医院，属海盐县卫生健康局主管。其历史可追溯到创建于1929年9月的海盐县立医院。医院地址最初在海盐县城寺桥北堍（今县城东海桥西堍北侧），1937年因战火迁至沈荡镇永庆塘桥东的钱家祠堂（今属沈荡镇中钱村），后又辗转迁至海盐县城董家弄口、朝圣桥河西直街、东大街杨家弄口对面陆宅、杨家弄口、朝阳东路78号、朝阳东路277号、盐湖西路901号等地。余华一家1962年自杭州迁入海盐时，其父母就在海盐县人民医院工作。其时，海盐县人民医院门诊部在河北岸的杨家弄口，住院部则在河南岸的新建院舍内。在《最初的岁月》一文中，余华回忆道："我父母所在的医院被一条河隔成了两半，住院部在河的南岸，门诊部和食堂在北岸，一座很窄的木桥将它们连接起来，如果有五六个人同时在上面走，木桥就会摇晃，而且桥面是用木板铺成的，中间有很大的缝隙，我的一只脚掉下去不会有困难，下面的河水使我很害怕。"这类叙述，同样也出现在余华的另一篇散文《医院里的童年》中。可以说，余华就是在医院里玩着长大的孩子，20世纪80年代后期，他的许多被称为"先锋派小说"的作品颇受这段童年经历的影响。

武原镇卫生院

《武原镇志》第六编"卫生"之"医药医疗"一章有对"武原镇卫生院"的记载。1956年4月，海盐县组建武原镇牙科联合诊所，有牙医6名，所址在西大街。1958年底并入武原中心医院。1961年武原中心医院改建为武原联合诊所，牙科单独建立联合诊所，所址迁移至天宁寺，后又迁移至南塘街。1972年5月，在单一牙科的基础上，扩大为以牙科为主的综合性卫生院。1975年4月，由原南塘街迁至董家弄口今址。至1988年底，有职工26名，其中牙科医生7名，设口腔、牙科、针灸科、西医内外科、化验室、注射室、放射科、药房、理疗室、卫防科等。门诊业务随着技术的改进不断扩大，1983年门诊40660人次，1988年门诊49801人次。1985年曾被评为省文明卫生院、爱国卫生先进集体。余华在散文《我的第一份工作》中提及："我的第一份工作是拔牙，我是在1978年3月获得这份工作的。那个时候个人是没有权利选择工作的，那个时候叫国家分配。我中学毕业时刚好遇上1977年'文革'后的第一次高考，可是我不思进取没有考上大学，那一届的大学名额基本上被陈村这样的人给掠夺了，这些人上山下乡吃足了苦头，知道考大学是改变自己命运的良机，万万不能错过。而我是少年不识愁滋味，一头栽进卫生院。国家把我分配到了海盐县武原镇卫生院，让我当起了牙医。"5年的牙医生涯并没有让余华爱上这份工作，余华认为人的口腔是世界上最没有风景的地方，他的青春却实实在在是由成千上万张开的嘴巴构成的，直到某一天他望着单位外的大街时，想到自己的一生不应该就这么过，他开始写小说了。

天宁寺

根据1991年出版的《武原镇志》第八编"社会"之"寺庙"一章对"天宁寺"的记载，天宁永祚禅寺，简称"天宁寺"，位于武原镇西，原系海盐县四大寺（另有金粟寺、法喜寺、宁海寺）之一。据明崇祯二年（1629）《重建千佛阁本山筑石台记》载，创院于汉。初名禅悦院，宋崇宁四年（1105）敕赐"天宁永祚禅寺"额。原有基地90余亩，前临乌坵塘（今武通港），水四面绕之，西至寺弄，东、北至万禄浜（今团结港）。殿宇、僧舍相传有5480间。宋淳熙十六年（1189），僧长溪创建佛殿、山门和宝塔。宋嘉定二年（1209），僧永模建圆通殿。元至元三年（1337）僧梵琦起建七级镇海塔，历经29个春秋，塔七层八面，高24丈。明洪武初，梵琦重建佛阁法堂，后又建方丈室。宣德间建僧堂，正统七年（1442）建西方殿和钟楼、轮藏及廊庑，万历三十七年（1609），天宁寺请来《大藏经》，计6714卷。崇祯元年（1628），僧生白、眉白、元白3人重建佛殿，取名千佛阁。清乾隆、同治间2次进行维修。1936年修理镇海塔。抗日战争胜利后，仅存山门大殿、佛殿及廊房数楹。佛阁年久失修，镇海塔于1937年11月被日舰炮火击中，岌岌可危。新中国成立后为安全计，1960

年拆去塔刹和上部3层，1966年在残基顶部加建自来水蓄水池。1979年10月和1980年5月，先后拆除大雄宝殿和金刚殿。现存千佛阁和镇海塔基，1980年被列为县重点文物保护单位。1984年由省文物局和县人民政府拨款30多万元对千佛阁进行重修。余华在短篇小说《炎热的夏天》中提到了"天宁寺"，他是这么叙述的：

　　　　李其刚说到这里从口袋里掏出手帕擦了擦额上的汗，温红和黎萍相互看了看，她们都偷偷笑了一下，温红问他：

　　　　"你们文化局现在搬到哪里去了？"

　　　　李其刚说："搬到天宁寺去了。"

　　　　温红叫了起来："搬到庙里去啦？"

　　　　李其刚点点头，他说："那地方夏天特别凉快。"

　　　　"冬天呢？"黎萍问他。

　　　　"冬天……"李其刚承认道，"冬天很冷。"

　　在《许三观卖血记》第十八章中，余华又一次提到了"天宁寺"，他写道：

　　　　许三观对许玉兰说：

　　　　"前天我带你们去丝厂大食堂吃了饭，昨天我带你们去天宁寺大食堂吃了饭，今天我带你们去戏院大食堂吃饭。天宁寺大食堂的菜里面肉太少，和尚们以前是不吃荤的，所以肉就少。我们昨天在那里吃青椒炒肉时，你没听到他们在说'这不是青椒炒肉，这是青椒少肉'吗？三个大食堂吃下来，你和儿子们都喜欢戏院的大食堂，我还是喜欢我们丝厂的大食堂。戏院食堂的菜味道不错，就是量太少；我们丝厂大食堂菜多，肉也多，吃得我心满意足。我在天宁寺食堂吃了以后，没有打饱嗝；在戏院食堂吃了也没打饱嗝；就是在丝厂食堂吃了以后，饱嗝打了一宵，一直打到天亮……"

半　路

半路在海盐至少对应2个地方。一处是海盐县城的半路。过去从海盐县城西门到北门一半路程之处正好有一个供人休憩的亭子，故名半路亭。《武原镇志》记载，凉亭桥位于新桥北路底，南北跨北城河，因北堍有半路亭，俗呼凉亭，故名。另一处则是沈荡齐家的半路，古时称半路市，清光绪《海盐县志》记载，在县西北35里有半路亭（系指县至郡城之半）故名。明采九德《倭变事略》记载，嘉靖三十四年（1555）四月初六，倭寇犯盐，半路市曾遭蹂躏。此次倭祸，守军战死千余人，指挥李元律、千总刘大仲皆战殁。20世纪80年代有沈荡粮站半路粮食仓库。余华在中篇小说《世事如烟》第一节第三部分写道:"瞎子坐在那条湿漉漉的街道上,绵绵阴雨使他和那条街道一样湿漉漉。二十多年前,他被遗弃在一个名叫半路的地方,二十多年后,他坐在了这里。"

机关幼儿园

《海盐县教育志》第二章"幼儿教育"记载:"海盐县机关幼儿园,前身为海盐县机关托儿所,1957年3月,由中共海盐县委宣传部、县妇联以300元经费因陋就简筹办,所址在武原镇董家弄48号,首任所长陈纯英。1976年,翻建教学楼一幢。1984年,翻建教学楼一幢,基建投资3.4万元。1985年6月25日,更名为海盐县机关幼儿园,占地933平方米,园舍建筑面积430平方米,有4个班,在园幼儿72人,教职工17人。"余华在散文《最初的岁月》中回忆道:"我是一个很听话的孩子,我母亲经常这样告诉我,说我小时候不吵也不闹,让我干什么就干什么,她每天早晨送我去幼儿园,到了晚上她来接我时,发现我还坐在早晨她离开时坐的位置上。我独自一人坐在那里,我的那些小伙伴都在一旁玩耍。"余华当年所读的幼儿园就是海盐县机关托儿所。

向阳小学

《海盐县教育志》记载,海盐县向阳小学位于武原镇海滨东路66号。前身是县立女子高等小学校,创办于1912年。新中国成立后,用海盐县立城中完全小学名之。之后,先后易名为城区第一中心小学、武原镇第一中心小学、武原镇中心小学、武原公社中心小学、武原镇向阳小学。1986年9月，设核电分校（1999年7月撤并）。1991年9月，复称武原镇向阳小学。1996年11月起，更名为海盐县向阳小学。余华在散文《最初的岁月》中写道："我读小学四年级时，我们干脆搬到医院里住了……"这里的小学就是海盐县向阳小学，1968年至1973年，余华在该学校就读，当时小学对面就是海盐县人民医院。

海盐中学

《海盐县教育志》第三章"中学教育"记载：海盐县高级中学，位于武原镇环城南路秦山大道东侧。前身是海盐县立初级中学，创办于1927年9月；1928年8月停办。1940年2月，迁城西吴家埭复设，改成海盐县立战时中学；旋迁沈荡区塘东南乡五圣堂，终因日军"扫荡"停办。1945年11月重办，借县城内冯三乐堂。1946年8月，以县城内虎尾浜张元济先生祖宅为校舍。1949年5月海盐解放，县人民政府接管学校，沿用原校名。先后易名为浙江省海盐县初级中学、浙江省海盐中学、浙江省海盐县农机厂五七中学、浙江省海盐县五七中学。1972年7月，恢复原名，即浙江省海盐中学。1987年起停招初中生，至1989年7月完成向高级中学过渡，成为海盐县历史上第一所高级中学。余华1973年入读海盐中学初中部，1975年升入高中部，1977年高中毕业。余华在散文《最初的岁月》中提及他去杭州参加文学笔会期间，曾去看望过黄源老先生。"黄老先生很高兴，他问我家住在海盐什么地方？我告诉他住在医院宿舍里。他问我医院在哪里？我说在电影院西边。他又问电影院在哪里？我说在海盐中学旁边。他问海盐中学又在哪里？我们两个人这样的对话进行了很久，他说了一些地名我也不知道，直到我起身告辞时，还是没有找到一个双方都知道的地名。同样一个海盐，在黄源老先生那里，和在我这里成了两个完全不同的记忆。我在想，再过四十年，如果有一个从海盐来的年轻人，和我坐在一起谈论海盐时，也会出现这样的情况。"2017年，海盐中学举行90周年校庆，作为1977届校友，余华发来视频祝福："我是1977年高中毕业的，40年过去，时间像是在飞。在母校90周年之际，我想说点什么。我就想起了11年前去日本的北海道大学，这个学校是19世纪初一个美国农学家横渡太平洋来到了札幌帮助他们建立起来的。1年多以后，他又返回了美国，他在临走时给当时的学生们留下了一句话，孩子们，你们要有野心。当然我们也可以把野心这个词理解为理想，但是野心听上去更直接、更有力量，我就把这句话转送给同学们，你们要有野心，野心可以帮助你们改变自己，也有可能改变别人，还有可能改变社会。"

海盐县

《海盐县志》记载，海盐县位于浙江省北部杭嘉湖平原，东濒杭州湾，西南临海宁，北接平湖和嘉兴市郊区。于秦王二十五年（前222）置县，因"海滨广斥，盐田相望"而得名。

属会稽郡，治华亭乡（今上海市金山区境东南）。建县以来曾四徙县治，六析其境。秦末县治陷为湖（名为柘湖），迁至武原乡（今平湖市东门外）。东汉永建（126—132）中，县治又陷为湖（名为当湖），南迁至齐景乡山旁（今平湖市乍浦镇附近）。建安五至八年（200—203），析海盐西南境、由拳南境置海昌县（今海宁市）。晋咸康七年（341），县治迁马嗥城。南朝梁天监六年（507），析县东北境置前京县。梁中大通六年（534）至大同元年（535），再析县东北境置胥浦县。唐代开元五年（717）迁治于今地。天宝十年（751），割海盐北境、嘉兴东境、昆山南境置华亭县。元元贞元年（1295）升为海盐州。明洪武二年（1369）复降为县。宣德五年（1430），析武原、齐景、华亭、大易四乡置平湖县。1949年5月7日，中国人民解放军解放海盐。海盐是"千年古县"，历史上群星璀璨，曾涌现了顾况、胡震亨、朱昌颐、张元济、朱希祖、沈祖棻、张乐平等文化名人。

余华在回忆性散文《最初的岁月》中写道："我的父亲在我一岁的时候，离开杭州来到一个叫海盐的县城，从而实现了他最大的愿望，成了一名外科医生。我父亲一辈子只念了六年书，三年是小学，另外三年是大学，中间的课程是他在部队里当卫生员时自学的，他在浙江医科大学专科毕业后，不想回到防疫站去，为了当一名外科医生，他先是到嘉兴，可是嘉兴方面让他去卫生学校当教务主任；所以他最后来到了一个更小的地方——海盐。"

海盐县电影院

《海盐县文化志》记载，海盐电影院坐落在武原镇向阳桥南堍。1963年10月，原军人俱乐部翻建为影剧场，保留旧门厅，耗资7万元，设座900席，年底竣工。次年1月，成立海盐影剧场。6月，经浙江省文化局批准，调进县35毫米电影队，更名为海盐电影院。海盐电影院在此后的10年内一直使用35毫米皮包机，兼营大集镇流动放映。1971年11月，嘉兴专区电影分公司放映队在海盐电影院"内部放映"宽银幕电影《山本五十六》《啊，海军》等3部日本影片。1973年7月，海盐电影院首次公映宽银幕朝鲜影片《卖花姑娘》，日映7场。1977年12月，海盐电影院进行一场重大改革，实行"敞门入场，对号入座"看电影制度，后即在全县推广。1978年6月，戏曲片《红楼梦》重新公映，武原镇为首次上映，因观众多，海盐电影院和人民剧院联合成立票务组，两院间通宵跑片放映。1983年6月，电影院大修，提高墙身，改成钢屋架，增大观众厅坡度，做成磨石子地面，更换木质硬座椅为沙发软席1057只，安装放映自动交换机，更换放映座机为5502-DX型，装备26万大卡冷气机组、4000瓦功率氙灯，共投资30万元，成为嘉兴市首家"四化"电影院。1999年，因旧城改造拆除重建。2001年6月，新电影院在原址建成，设558座SRD数码立体声电影大厅和88座模拟立体声电影小厅各1个。

余华在散文《阅读的故事》一文中写道：

我们当时每天混迹街头，看着街上时常上演的武斗情景，就像在电影院里看黑白电影一样。我们这些孩子之间有过一个口头禅，把上街玩耍说成"看电影"。几年以后，电影院里出现了彩色的宽银幕电影，我们上街的口头禅也随之修改。如果有一个孩子问："去哪里？"正要上街的孩子就会回答："去看宽银幕电影。"

在回忆性散文《最初的岁月》中，余华再一次提及海盐电影院，他说，海盐电影院就在海盐中学旁边。的确如此，海盐电影院就在当时的海盐中学北侧。另外，他在长篇小说《兄弟》中也写道，李兰拉着李光头来到了电影院对面的灯光球场。在海盐县武原镇，海盐电影院就在灯光球场的正东面，20世纪六七十年代，海盐电影院、灯光球场、海盐中学三者相邻。

武原镇

《武原镇志》记载，武原镇是海盐县首镇，县人民政府所在地，当沪杭公路中段，属杭嘉湖平原，东临杭州湾。秦王政二十五年（前222）置海盐县，后曾三移县治，至东晋咸康七年（341）徙于马嗥城，亦名吴御越城。唐开元五年（717）移建县治于马嗥城西北，即今武原镇所在地。武原镇有4条街道、72条半小街小巷，街道用石板砌成，两旁镶嵌小石，市河横贯镇中，分成南北两片，有桥梁38座，至1988年，道路街巷均新建或改建为混凝土路面，海滨路、朝阳路、文昌路等横贯东西，古城路、城南路、广场西路、勤俭路南北纵列，秦山路、城北路外环市区，小街巷弄有91条，新建改建桥梁77座。建成虹桥、朝阳、梅园、蒋家桥、百可园、城南等住宅区和新村。水边路旁绿树成荫，郁郁葱葱，环境幽雅，市容整洁。余华在散文《麦田里》写道："那时候我家在一个名叫武原的小镇上，我在窗前可以看到一片片的稻田，同时也能够看到一小片的麦田，它在稻田的包围中。这是我小时候见到的绝无仅有的一片麦田，也是我最热爱的地方。"彼时余华住在杨家弄11号的汪家旧宅，如今编号已改为杨家弄84号，汪家旧宅窗口东望即是田野。

西　塘

《浙江省海盐县地名志》记载，西塘桥，1949年5月海盐解放后，建制为西塘乡，属西塘区（区人民政府驻地西塘桥自然镇）。1956年撤区并乡时，胡桥、王庄两乡并入西塘乡。1958年10月上旬，废海塘、圆通两乡建制，将大部分高级农业社并入西塘乡，建立海盐县西塘人民公社。1961年4月，海塘、圆通从西塘公社分出，各自另建公社。同年10月恢复海盐县建制，西塘、海塘、圆通3个公社重新划归海盐县。1981年地名普查中，因与嘉善县西塘公社重名，经嘉兴地区行政公署批准，于1981年10月29日更名为西塘桥人民公社。

"西塘"后来出现在了长篇小说《许三观卖血记》第二十八章中，这是许三观卖血途经的一站，余华写道："许三观从林浦坐船到了北荡，又从北荡到了西塘，然后他来到了百里。"

北　荡

《浙江省海盐县地名志》记载，北荡，村呈弓字形。南距武原镇5.2公里。原名小娘车场，后于1981年以自然村坐落于历史上曾有"北荡"之称的地方而更名为北荡。村内有粮食加工厂、供销二代店、小学等单位。余华在《许三观卖血记》第二十八章叙述道："他（许三观）要去的地方是上海，路上要经过林浦、北荡、西塘、百里、通元、松林、大桥、安昌门、靖安、黄店、虎头桥、三环洞、七里堡、黄湾、柳村、长宁、新镇。其中林浦、百里、松林、黄店、七里堡、长宁是县城，他要在这六个地方上岸卖血，他要一路卖着血去上海。"《在细雨中呼喊》中第三章"遥远"这一节也有提到"我祖母坐在花轿里成为他人之妻的时候，我的祖父，二十三岁的孙有元，跟随着他的父亲，远近闻名的孙石匠，和一班师兄弟来到了一个叫北荡桥的地方，准备建造一座有三个桥洞的石拱大桥"。

老邮政弄

《浙江省海盐县地名志》记载，老邮政弄是新辟巷，因原县邮电局（俗称邮政局）未拆迁前在此弄东侧而得名。

1981年9月批准命名。位于海滨西路县人民银行西侧。余华在中篇小说《河边的错误》中多次提到"老邮政弄"。比如在第一章第二节叙述道："法医的验尸报告是在这天下午出来的。罪犯是用柴刀突然劈向受害者颈后部的。从创口看，罪犯将受害者劈倒在地后，又用柴刀劈了三十来下，才将死者的头部劈下来。死者是住在老邮政弄的幺四婆婆。"第一章第七节又写道："那人住在离老邮政弄四百米远的杨家弄。他住在一栋旧式楼房的二楼，楼梯里没有电灯，在白天依旧漆黑一团。过道两旁堆满了煤球炉子和木柴。马哲很困难地走到了一扇灰色的门前。"第二章第六节继续写道："那些日子里，弄里的孩子常常趴在窗口看疯子。于是老邮政弄的人便知道什么时候疯子开始坐起来，什么时候又能站起来走路。一个多月后，疯子竟然来到了屋外，坐在门口地上晒太阳，尽管是初秋季节，可疯子坐在门口总是瑟瑟打抖。"第三章第二节写道："街上十分拥挤，马哲走去时又有几个人围上去告诉他昨晚的情景，大家都没见到疯子，难道是一场虚惊？当他坐在小客轮里时，曾想象在老邮政弄疯子住所前围满着人的情景。可当他走进老邮政弄时，看到的却是与往常一样的情景。弄里十分安静，只有几位老太太在生煤球炉，煤烟在弄堂里弥漫着。此刻是下午两点半的时候。"

灯光球场

余华长篇小说《兄弟》上部第五节主要就是围绕灯光球

场的篮球赛展开的，那也是李光头的母亲李兰和宋钢的父亲宋凡平感情迅速升温，并向刘镇人民公开两人感情的一次重要事件。余华是这么写的："在一个夏天的傍晚，李兰拉着李光头的手先去了理发店，给他推了一个正宗的光头，然后拉着他的手来到了电影院对面的球场边。这是我们刘镇唯一有灯光的篮球场，我们都叫它灯光球场。这天晚上，我们刘镇和另外一个镇要进行一场篮球比赛，有一千多个男人和女人穿着拖鞋噼里啪啦地走来，他们层层叠叠地围住了灯光球场，让球场看上去像一个大坑似的，而他们就像是挖出来的泥土一样堆在四周。"刘镇的灯光球场及电影院的布局与现实中余华成长的海盐县武原镇的灯光球场及电影院布局几乎一致，武原镇向阳桥南堍西侧就是灯光球场，而灯光球场的正东面便是海盐县电影院。余华继续写道："篮球比赛开始了，在耀眼的灯光球场上，在像是刮着台风的声浪里，宋凡平出足了风头，他的高个子，他的健壮，他的弹跳，他的技术，让李兰的嘴张开以后就再也没有合上，她把嗓子都喊哑了，她激动得眼睛都红了。"宋凡平则在完成一次绝无仅有的扣篮后，兴奋地举起李光头和宋钢，之后竟又当着1000多人的面，把李兰举了起来，"灯光球场里的笑声哗啦哗啦地响起来，大笑、微笑、尖笑、细笑、淫笑、奸笑、傻笑、干笑、湿笑和皮笑肉不笑，林子大了什么鸟都有，人多了也是什么笑声都有"。灯光球场是开展体育运动的地方，是充满生命活力的地方。宋凡平在篮球场上呈现了篮球健将的风采，他所彰显的魅力也征服了李兰的心。20世纪70年代的一段时间内，余华一家就住在海盐县武原镇灯光球场西侧的人民医院宿舍内。

轮船码头

《浙江省海盐县地名志》记载，海盐轮船码头，全称为浙江省航运公司嘉兴分公司海盐营业站，位于武原镇海滨西路八尺弄口。海盐解放初，分别为宁绍、荣记、运华3家轮船公司，有4艘客轮、3条航线。1953年成立航运联管站，1955年建立公私合营海盐轮船公司，当时轮船码头设在天宁寺前，于1968年迁址扩建。1983年拥有职工133人，拥有客轮、客驳17艘，共计1818个客位，有9条航线，全航程228公里，每天开航县内外客轮19班次。1982年客运总流量为1277618人次。余华在长篇小说《许三观卖血记》第二十八章写道："许三观让二乐躺在家里的床上，让三乐守在二乐的旁边，然后他背上了一个蓝底白花的包裹，胸前的口袋里放着两元三角钱，出门去了轮船码头。"轮船码头固然是交通场所，更有一种"去远方"的意味。2019年11月29日，余华在回乡参加海盐县武原街道乡贤大会时告诉过我，当时从海盐坐轮船去嘉兴要花3个多小时，交通多有不便，这也是他想要出去闯荡的原因之一。

丝　厂

《浙江省海盐县地名志》记载，海盐丝厂位于武原镇万禄浜贺王弄西埭。于1968年筹建，1969年投产。于1975年至1979年逐步扩建，成为海盐县规模较大的工厂。厂址占地面积28502平方米，有职工1142名，年产"梅花牌"白厂丝160吨，产品全部出口外销。1982年产值约799万元。余华在长篇小说《许三观卖血记》第一章开篇写道，许三观是城里丝厂的送茧工，这一天他回到村里来看望他的爷爷。他爷爷年老以后眼睛昏花，看不见许三观在门口的脸，就把他叫到面前，看了一会儿后问他："我儿，你的脸在哪里？"许三观说："爷爷，我不是你儿，我是你孙子，我的脸在这里……"许三观把爷爷的手拿过来，往自己脸上碰了碰，又马上把爷爷的手送了回去。爷爷的手掌就像他们工厂的砂纸。

新　丰

《浙江省海盐县地名志》记载：新丰大队，259户，990人，驻地穿街圩。位于公社驻地沈荡镇西南。沿用高级社名。辖8个生产队，10个自然村。有耕地1334亩。新中国成立初，分别属镇南七、八2个行政村，农业合作化时，大堰桥、化神堂、冯家浜3个初级社合并，为沈荡新丰高级社——当时该社获得水稻丰收，产量名列全县前茅，故名。1958年9月，属沈荡公社新丰管理区。1961年5月，为新丰大队。1963年，新庄大队部分生产队并入，仍为新丰大队。主要种植水稻，其次是油菜、豆、麦，兼营蚕桑、畜牧。有五金厂、运输船队、饲料加工厂、小学、合作医疗站5个企事业单位。境内有公社竹器厂、胶木厂、灯具厂、农机厂。

余华在长篇小说《活着》中写道：

　　苦根死后第二年，我买牛的钱凑够了，看看自己还得再活几年，我觉得牛还是要买的。牛是半个人，它能替我干活，闲下来时我也有个伴，心里闷了就和它说说话。牵着它去水边吃草，就跟拉着个孩子似的。买牛那天，我把钱揣在怀里走着去新丰，那里是个很大的牛市场。路过邻近一个村庄时，看到晒场上围着一群人，走过去看看，就看到了这头牛，它趴在地上，歪着脑袋吧嗒吧嗒掉眼泪，旁边一个赤膊男人蹲在地上霍霍地磨着牛刀，围着的人在说牛刀从什么地方刺进去最好。我看到这头老牛哭得那么伤心，心里怪难受的。想想做牛真是可怜，累死累活替人干了一辈子，老了，力气小了，就要被人宰了吃掉。我不忍心看它被宰掉，便离开晒场继续往新丰去。走着走着心里总放不下这头牛，它知道自己要死了，脑袋底下都有一摊眼泪了。我越走心里越是定不下来，后来一想，干脆把它买下来。我赶紧往回走，走到晒场那里，他们已经绑住了牛脚，我挤上去对那个磨刀的男人说："行行好，把这头牛卖给我吧。"

虹桥新村

《浙江省海盐县地名志》记载，虹桥新村是新建居民点，以地处原虹桥南埭东西两面而得名。《武原镇志》记载，曾有虹桥居委会设于虹桥新村10-1号，地区内有海盐电影院、秦山大厦等。如今，该区域内有一座拱桥大虹桥、一座平桥小虹桥。大虹桥桥柱上有两联：一联为"曾有文星居卦弄，依然翠影拂烟桥"，一联为"涛声诗韵共历千古，博儒长虹来悦八方"。这其中"文星""博儒"指的是明代文学家、藏书家胡震亨（1569—1645），"诗韵"所指乃是其苦心编纂的皇皇之作《唐音统签》，此书后来成为《全唐诗》稿本，《全唐诗》48900余首诗能传诸后世，胡震亨厥功至伟。海盐乡贤、出版大家张元济先生曾称胡震亨先生为"吾邑第一读书种子"。虹桥从古至今，文脉鼎盛。20世纪70年代末80年代初，余华就居住在虹桥新村26号，痴迷于阅读和写作，并常与海盐的文学爱好者们彻夜长谈。余华也曾在短篇小说《西北风呼啸的中午》中融入了"虹桥新村"的地名，他是这样写的：

> 一个满脸络腮胡子的彪形大汉来到床前，怒气冲冲地朝我吼道："你的朋友快死了，你还在睡觉。"这个人我从未见过，不知道是谁生的。我对他说："你是不是找错地方了？"他坚定地回答："绝对不会错。"他的坚定使我疑惑起来，疑惑自己昨夜是

否睡错了地方。我赶紧从床上跳起来，跑到门外去看门牌号码。可我的门牌此刻却躺在屋内。我又重新跑进来，在那倒在地上的门上找到了门牌。上面写着——虹桥新村26号3室。

向阳桥

《武原镇志》记载，向阳桥曾名体育场桥、齐秀桥。位于海滨东路，南北跨盐平塘河，是海滨东路通往朝阳路的重要桥梁。原为木桥，建于抗战前夕。1956年改建为钢筋混凝土平桥，并改名为向阳桥。1971年10月，在拓宽疏浚盐平塘河时重建为钢筋混凝土结构双曲拱桥。全长34米，净跨25米，宽6米，标高7.1米，荷载等级汽-10。余华中篇小说《我胆小如鼠》里多次提到"向阳桥"，该小说第八节写道："后来，我从地上爬了起来，走出了宋海的家，沿着解放路慢慢地往前走，走到向阳桥上，我站住了脚，靠在了栏杆上。中午的阳光照得我睁不开眼睛，我身上的疼痛还在隐隐约约地继续着，我听到轮船在桥下过去了，将河水划破后发出'哗哗'的响声。"第九节又写道："我离开了向阳桥，回到了家中，我的母亲没有在家里，她早晨洗了的衣服晾在竹竿上，我看到衣服已经干了，就把衣服收下来，叠好后放进了衣柜。"向阳桥就在当时的海盐县人民医院、向阳小学和杨家弄附近，也是余华小时候经常路过的地方。

广福桥

《武原镇志》记载，广福桥曾名绍兴桥、向农桥。位于海滨东路。原是八字形平板石桥。1971年10月在拓宽疏浚盐平塘河时重建为钢筋混凝土双曲拱桥。全长32米，跨径25米，宽3.5米，标高7.1米，荷载等级汽-6。余华长篇小说《活着》中的福贵认为羊是最养人的，能肥田，到了春天剪了羊毛还能卖钱，他儿子有庆也喜欢羊，之后他和妻子家珍商量后就决定买羊。余华是这么写福贵买羊的：

> 当天下午，我将钱揣在怀里就进城去了。我在城西广福桥那边买了一头小羊，回来时路过有庆他们的学校，我本想进去让有庆高兴高兴，再一想还是别进去了，上次在学校出丑，还让我儿子丢脸，我再去，有庆心里肯定不高兴。等我牵着小羊出了城，走到都快能看到自己家的地方，后面有人噼噼啪啪地跑来，我还没回头去看是谁，有庆就在后面叫上了："爹，爹。"

20世纪60年代海盐县人民医院门诊及住院部（海盐县档案馆供图）

海盐天宁寺（郭秋敏摄）

余华与干宝

如今，海盐人说起家乡骄傲时，一定少不了作家余华。如果这个作家的概念要再往细里讲，那应该就是小说家余华了。小说家余华以《在细雨中呼喊》《活着》《许三观卖血记》《兄弟》《第七天》等作品闻名于世。而在海盐，如果说起"小说家"，还有一个穿越千年的名字值得被铭记，他就是"中国志怪小说鼻祖"、《搜神记》作者干宝。

干宝（约283—351），出生于河南新蔡，西晋永嘉元年（307）任盐官州别驾。永嘉四年（310），干宝之父干莹去世，葬于海盐澉浦青山之阳，干宝为之守孝。《灵泉乡真如寺碑亭记》记载，干宝因"汉主聪将兵寇洛阳，而河南诸郡皆为分据。荥阳之故里不可复问矣，遂家于盐之灵泉乡"。灵泉乡即在今海盐与海宁交界处。咸和二年（327），因"苏峻之乱，兵散为盗寇，掠其第，偕诸昆族徙居于澈湖"，澈湖就是今海盐县澉浦镇南北湖的古称。永和七年（351），干宝去世，葬于灵泉乡。

因此，关于干宝故里，素有河南新蔡、海盐、海宁等地之争议。海盐地方史志——明朝天启《海盐县图经》云："父莹，仕吴，任立节都尉，南迁定居海盐，干宝遂为海盐人。"又云："干莹墓在澉浦青山房。"又有明朝董谷《碧里杂存》云："干宝……海盐人也。按武原古志云，其墓在县西南四十里，今海宁灵泉乡。真如寺乃其宅基，载在县志，盖古地属海盐也。"而从干宝流徙的经历看，某种程度上他可以算是一位新海盐人。海盐人也以干宝这位新海盐人为傲，2018年10月，海盐还在美丽的南北湖畔举行了"千年古县干宝遗风"首届中国民间文学学术研讨会。

作为小说家的余华，对干宝及其作品颇感兴趣。他曾在杂文集《我们生活在巨大的差距里》里的一篇文章《飞翔和变形》中写道：

在我有限的阅读里，有关神仙们如何从天上下来，又如何回到天上去的描写，我觉得中国晋代干宝所著的《搜神记》里的描写，堪称第一。干宝笔下的神仙是在下雨的时候，从天上下来；刮风的时候，又从地上回到了天上。利用下雨和刮风这样两个自然界的景象来表达神仙的上天下地，既有了现实生活的依据，也有了神仙出入时有别于世上常人的潇洒和气势。就像希腊神话和传说中，当宙斯对人间充满愤怒时，"他正想用闪电鞭挞整个大地"，将闪电比喻成鞭子，十分符合宙斯的身份，如果是用普通的鞭子，就不是宙斯了，充其量是一个生气的马车夫。《搜神记》里的这个例子，可以说是想象力和洞察力的完美结合。

无论你写的小说是现实主义的，还是超现实的、荒诞的，都要有一个坚实的现实依据，余华对《搜神记》中神仙随风雨上天入地的描写很是叹服。《搜神记》卷一中就有对"赤松子"的叙述："赤松子者，神农时雨师也，服冰玉散，以教神农，能入火不烧。至昆仑山，常入西王母石室中，随风雨上下。炎帝少女追之，亦得仙，俱去。至高辛时，复为雨师，游人间。今之雨师本是焉。"赤松子是神农时期的雨师，服用冰玉散，还将这套方法教授给了神农，让他能在火里不被烧到。雨师还去过昆仑山，常常到西王母的石室中，并跟随风雨上天入地。炎帝的小女儿追随雨师，也成仙得道随他而去。到高辛帝时期，赤松子又做起了雨师，从容逍遥游走于人间。现在的雨师都把他奉为祖师。这里的雨神赤松子就是随风上天，随雨入地，干宝的叙述牢牢把握住了现实世界中大风将各类物体卷到空中，而大雨总是从天上落下的事实，以至于读者在读到这段文字时也能够让想象实实在在落地，这也便成了小说动人的基础。

2019年1月27日，余华返乡参加海盐县首届乡贤大会时，再度提到了《搜神记》中神仙以风雨作为上天入地的媒介是神来之笔。这次乡贤大会也刷新了余华对干宝的认知与情感。

《海盐县志》主编王健飞先生委托我向余华转送了《海盐人物春秋》《海盐风俗春秋》《海盐胜迹春秋》3本书。余华在翻阅《海盐人物春秋》时发现《中国小说祖师干宝》一文，得知干宝与海盐之关系，很是惊喜。当晚，他在乡贤大会上致辞时说："我的一个老朋友王健飞，通过伟达送了我三本书，海盐的春秋，其中有一本叫人物春秋，我发现干宝原来是我们海盐人，我以前一直不知道干宝是我们海盐人，所以以后我要是再演讲的话，我不再说我们中国的干宝，而是我们老乡海盐的干宝，我真的是很高兴，喜出望外。"余华还谦虚地表示，对海盐的过去了解得太少，以后要在这方面继续加强。

干宝笔下志怪小说的来源是什么呢？鲁迅先生在《中国小说史略》中说："中国本信巫，秦汉以来，神仙之说盛行，汉末又大畅巫风，而鬼道愈炽；会小乘佛教亦入中土，渐见流传。凡此，皆张皇鬼神，称道灵异，故自晋迄隋，特多鬼神志怪之书。"接着说道："（干宝）性好阴阳术数，尝感于其父婢死而再生，及其兄气绝复苏，自言见天神事，乃撰《搜神记》二十卷。"《搜神记》因干宝有"见天神事"的自身经历，文字之间多少就有了"张皇鬼神，称道灵异"的特征。

再观余华，即便是20世纪80年代先锋时期创作的那批短篇小说，如《十八岁出门远行》《西北风呼啸的中午》等，或有荒诞的成分，也未到"张皇鬼神，称道灵异"的地步，这些作品常常源于作者与现实世界的那一层紧张关系，但是依然与现实密不可分。在余华创作的小说中，如果极力要找一部与志怪气质最接近的小说，在我看来大致是《第七天》。

余华在他的第五部长篇小说《第七天》中塑造了一批命运多舛、遭逢意外的小人物，其中有因饭馆煤气罐爆炸致死的主人公杨飞、割腕自杀的李青、因男友给她买了山寨手机感觉被欺骗而跳楼的刘梅、为赚钱给女友买墓地而死于卖肾的伍超、暴力拆迁受害者郑氏夫妇、死于车祸的李月珍等等。这些人物生前的世界基于现实，死后的世界则是另外一番情境，余华对这个世界是这样描述的：水在流淌，青草遍地，树木茂盛，树枝上结满有核的果子，树叶都是心脏的模样，它们抖动时也是心脏跳动的节奏。很多的人，很多只剩下骨骼的人，还有一些有肉体的人，在那里走来走去。那里树叶会向你招手，石头会向你微笑，河水会向你问候。虽然余华将这个世界命名为"死无葬身之地"，但是这个世界并不像我们过去对"死无葬身之地"这个词语所认知的那般恐惧和绝望，恰恰相反，"那里没有贫贱也没有富贵，没有悲伤也没有疼痛，没有仇也没有恨，那里人人死而平等"。用余华自己的话来说："……我写下了一个美好的死者世界。这个世界不是乌托邦，不是世外桃源，但是十分美好。"在"死无葬身之地"的世界里，流淌的水、遍地的青草、茂盛的树木，依然是现实世界的倒影，区别在于树叶的抖动是心脏跳动的节奏，很多只剩骨骼的人在行走，这不是比喻，而是想象的变形，就如同之前余华提到的《搜神记》中神仙跟随风雨上天入地一般，他在塑造异能的时候依然抓住了现实的力量，从而让想象合理化。

　　这也许是《第七天》与《搜神记》在创作上些微的相似之处，也是余华与干宝这2位相隔千年的小说家些微的相似之处。而奇妙之处在于海盐这片大地，自晋朝至当下，一千六七百年的浩荡岁月中，如果只能留下2位小说家的名字，那么一个是"干宝"，另一个便是"余华"。

2019年1月27日，余华返乡参加乡贤大会时发言中提及干宝（王国翼摄）

余华签书会

如今虽然我人离开了海盐，但我的写作不会离开那里。我在海盐生活了差不多有三十年，我熟悉那里的一切，在我成长的时候，我也看到了街道的成长，河流的成长。那里的每个角落我都能在脑子里找到，那里的方言在我自言自语时会脱口而出。我过去的灵感都来自那里，今后的灵感也会从那里产生。

作家余华在自传式散文《最初的岁月》中这样说道。他深爱着的难以忘怀的海盐，同样也心心念念地想着他。如今的海盐，不仅有成长着的街道、成长着的河流，还有许许多多成长着的余华的忠实读者。

2019年1月27日，海盐县举行乡贤大会，诚邀各行业的海盐籍乡贤新年归乡，共鉴家乡之变化，同叙家乡之深情，群策家乡之发展。2019年1月26日晚上9时许，在海盐县文联主席林周良先生向余华再三倡议并得准许的基础上，我拟了如下文字发布于微信朋友圈："1月27日（周日）下午，海盐乡贤大会在海利开元酒店举行，海盐籍党政军商科教文卫界精英出席。其中，著名作家余华老师受邀出席，当天下午1点50分到2点20分，余华老师抵达海利开元酒店。特争取到海盐读者福利，热心读者可来交流，签书好机会，不要错过哟！"并非特别正式的签书预告，只是一条简单的微信讯息，谁也不知道第二天到底会来多少读者。

1月27日下午，我负责接送余华赶赴海利开元酒店，路上余华还在犹豫：签书时间有限，考虑到要尽量给来的读者都签到名，是否只签自己的名字，这样比较快速，比较周全。我们较之前所定的时间早到了10余分钟。林周良先生早已在酒店一楼大厅等候，他一边告知"一些热心读者1点不到就来了，捧着书等了有一会儿了"，一边将余华引至一楼大厅茶座处。余华一落座，热心读者便涌了上来，但是等到余华为第一位读者签名时，后面的读者很快就自觉排起了队伍。读者很多，队伍很长，很快便从茶座处排到了大厅。

现场并没有设置任何售书的专柜，我在之前预发的微信中也并无详细说明，但来的读者都自带了余华作品，1本、5本甚至10余本用作收藏，其中有2004年上海文艺出版社出版的余华作品系列，有2005年、2006年上海文艺出版社出版的《兄弟》上下部，也有2018年7月译林出版社出版的余华最新杂文集《我只知道人是什么》，等等。我在一旁说，今天来的余华读者，老话讲是"忠实读者"，潮流话讲是"真爱粉"。余华对待读者是极其爱护的。一些读者希望余华能签上读者以及读者朋友的名字，有的已拿出手机备忘录打上了自己和朋友的名字，有的则提前附上了写有名字的纸条，有的来不及准备便急匆匆口述名字的写法，余华老师无不应允。签名之外，读者们希望与余华老师合影留念，其中有一人来的读者、情侣双双来的读者、一家三口来的读者、一家四口来的读者，余华老师无不应允。我在一旁为读者们拍照留念，深为作家和读者之间的真挚情谊感动。

下午2时30分，余华要去参加海盐县乡贤大会主办方组织的官方活动——实地参观澉浦镇、核电科技馆等，一睹家乡新貌。为免读者走空，余华在40余分钟的时间里，签名、合影、交流，不停一秒，更来不及喝一口水，最后临近发车时在工作人员的再三催促下才结束了签书活动。

我有幸参与了整场签书会。从1月26日晚上9时许发出的微信起，到1月27日下午2时30分不到，我见证了一位大作家对读者的爱护和读者们对作家的热爱。热爱读书的朋友纷纷打来电话、发来微信向我确认签书活动的真实性，而真正到了现场我又全程在旁给读者们递签名笔、拍合影，我见证了读者们在1分钟甚至更短的时间内用飞快的语速激动地讲述着读余华作品的故事和心情。

整场签书会粗略估计有100余位读者参与，有许多是我的爱读书爱写作的朋友。诗人钱家兴先生驱车1个小时从嘉善赶来海盐，他拿来的书中有1998年南海出版公司出版的《活着》以及余华随笔集《温暖和百感交集的旅程》，签完名，合完影，便又匆匆赶回嘉善。我以前开玩笑说，能读完余华《活着》《许三观卖血记》《兄弟》《第七天》这几部长篇小说的读者固然是"真爱粉"，能读完余华长篇处女作《在细雨中呼喊》的读者则更深一步，而通读《鲜血梅花》《战栗》《现实一种》《我胆小如鼠》《世事如烟》《黄昏里的男孩》这6部中短篇小说集乃至连《温暖和百感交集的旅程》《音乐影响了我的写作》以及《没有一条道路是重复的》这3部随笔集也不放过的读者更称得上是"真爱粉中的真爱粉"了。"90后"网络作家戴叶青女士在我发出微信预告没几分钟后便给我留言："如果明天头不是特别疼的话，我可能要奔过去求签名了。"签书那天，忍着感冒头疼，她还是来了，欢喜地签着名的同时，不忘记提醒我给她和余华合影。海盐漫画家姚海云先生偕夫人朱云女士、女儿云朵捧着一堆书前来。朱云女士说当年姚海云先生追求她时送她的第一份礼物便是余华的《在细雨中呼喊》，那是2009年8月27日，也是她工作的第七天，后来余华又出了一本长篇小说，名字也叫《第七天》，这故事本身就像个有趣的短篇小说。通元镇镇长王李涛先生则怀抱着浓浓的父爱前来，他拿出收录了小说《十八岁出门远行》的书籍请余华签名，打算将来当作送给女儿的成人礼。余华成名作便是短篇小说《十八岁出门远行》，这篇小说刊发于1987年第1期的《北京文学》，著名评论家李陀因此篇而对余华说："你已经走在中国文学的最前列了。"小学语文老师杨宁女士与先生、一宝、二宝来了，一家四口与余华合影，这位爱读书的老师在身体力行地引导自己的孩子感受"读书兹事"的美好……来签名的人实在很多，这记录也只是十之一二。

在现场签书的众人中，也有许许多多我不认识的热心读者。形象之间，言语之间，我也只能看个大概。中学生来了，公务员来了，企业家来了，主持人来了，校长来了，书店老板来了，仿佛一夜之间喜欢读余华作品的海盐人都恰好看到了那条微信朋友圈，在阳光明媚的下午他们纷纷赶来签书地点，赴一场与作家的约，曾在书中神交已久，如今终于相见、一吐真情。有一个年轻人在签书时与余华的几句闲聊让我印象深刻，我听不太完整，只捕捉到了大概。他说他很早就读余华的书，曾经有个很重要的人（似乎是他父亲）帮他签到了余华的书，如今那个很重要的人不在了，这次他又把那本签过名的书拿来了，希望余华再一次签名作为纪念，并请余华签了几本其他的书。这是那天我在现场听到的最动人的读书故事。

都说当作品完成后，作家的使命也就完成了，此后书的所有遭遇就是它自身的命运了。但事实告诉我们，书的命运注定将与读者发生千丝万缕的联系，在书与读者的辗转故事中，作者本身依然是一个不可割舍的永久存在，作者与读者之间会因为书籍的广泛流传而产生持久的微妙影响。这也是一条微信朋友圈可以引发一场火爆的签书会的原因，我感受到了金字塔尖作家的读者群之强大，更感受到了海盐乡贤张元济先生曾经手书"数百年旧家无非积德，第一件好事还是读书"这副对联的实在意义。

余华曾说，每一次写作的旅程都是一次回家的旅程。也因此，2018年8月4日，余华在央视《朗读者》节目中与主持人董卿的精彩对话，满满都是家乡海盐的痕迹。余华朗读了他长篇处女作《在细雨中呼喊》的选段，朗诵腔调平静朴素，如他的小说语言一般，其中一句朴质中见真情——"谨以此篇献给我记忆中的故乡——海盐南门"。这一句话也时常回响在我耳边，这是一个作家与故乡的关系，无论将去的地方有多少，回家的地方只有一个。

目前，余华老师写过的5部长篇小说中，除《第七天》外，《在细雨中呼喊》《活着》《许三观卖血记》《兄弟》这4部小说我几乎都能从中清晰找到海盐这座城市的气质，其中包括地名如杨家弄（汪家旧宅）、南门、孙荡、千亩荡、曲尺弄、老邮政弄等，也包括王立强等人的故事倒影，这些长篇小说的写作对余华来说，何尝不是一次次地回家，回到海盐这座他曾生活了三十来年的江南小城。读余华，仿佛就是读海盐这座城市的百年历史；读余华，也是读我国当代社会风貌之一种；读余华，更是读每个人宽广而又起起伏伏的人生图景。我为余华小说中如福贵、许三观、宋凡平等人物的坚韧与善良不可遏制地流下眼泪，也为他们在生活的低潮以自我幽默的方式对抗苦难而心生尊敬，他们是20世纪后半叶的海盐人，跟我如今生活的海盐城里的海盐人一样，淳朴似盐地活着，像极了海盐这座城市的气质，有时候我甚至觉得这不仅仅是海盐的故事，更是整个人类的缩影。从这个角度来讲，每次阅读余华作品，于我而言也是一种回家，回到伴随我成长的20多年的记忆里，回到这20多年相遇的每个海盐人和海盐故事之间，我们同呼吸共命运。感谢余华用小说为海盐这座城市立传。

我们共同的家乡海盐伫立在杭州湾畔，它是千年古县、江南水乡、滨海新城。这50年来，海盐走出去的"大写的人"不多，余华不仅成了我国当代最优秀的作家之一，其作品更是蜚声国际，他真正践行了"海盐之外有中国，中国之外有世界"，堪当海盐之荣光。

今年是我读余华作品的第10个年头，十年一觉余华梦，念念不忘，必有回响。2019年1月25日深夜至29日下午，接机，晚餐，签书，走访，乡贤，沈荡，漫谈，送别，是我陪伴余华的每日关键词。数天陪伴，于我而言是对过去10年读其作品最好的阶段小结。在大学去做家教的公交车上，在寒暑假很多个通宵的夜里，在洋洋洒洒的毕业论文中，在海盐张元济图书馆，在友茗檀，在嘉兴悦读书房的文艺沙龙上，在我的个人微信公众号"和平路口"高频次的推送中，他存在。他说，没有一种生活是可惜的。而我几乎更加觉得，世间所有的相遇都是久别重逢。我在书里已遇见余华千百遍了。

海盐新华书店一楼、二楼设置了各种作家专柜，余华的作品量是整个书店展陈作家中最多的一个。它们在等待读者的到来，如我们在等待余华再次回到家乡海盐一样。

一直游到海水变蓝

　　我喜欢用明信片当书签，明信片一般十来张一套，大多是行走过的城市的特色景点，或者是大学校园的怀旧系列建筑，再或者是行业代表人物的组照之类。多年前，我购过一组肖全摄影作品展"我们这一代：历史的语境与肖像"的明信片，其中包括20世纪八九十年代各个文艺领域的代表人物，作家余华、王安忆，导演张艺谋、姜文，摇滚歌手崔健，等等。也是最近几年业余爱看电影的缘故，我买了许多电影导演的创作谈、传记、电影同名书籍等等，其中就有贾樟柯导演的《贾想Ⅰ：贾樟柯电影手记1996—2008》《贾想Ⅱ：贾樟柯电影手记2008—2016》。有趣的是，我将作家余华的那张明信片夹在了导演贾樟柯的书籍作品中。

　　有些缘分无法解释。2019年夏天，贾樟柯导演来海盐拍摄余华的纪录片。盛夏的绮园，鸟鸣嘤嘤，清风徐徐，从上午到中午，贾樟柯导演一直在水榭之中采访余华。临近中午，海盐县文联主席林周良先生邀我入绮园，乃因他深知我近年来业余时间喜爱读余华作品以及看电影，这般场景一定是很喜欢见的。于是，我在精致小巧的绮园之中，得见贾樟柯与余华对谈的神采，平淡自如的背面是2位数十年跨过的高山和大海。拍摄结束后，林周良先生和我进入亭子，与余华、贾樟柯交谈起来。我告诉贾樟柯导演至今还记得在大学寝室观看《小武》的心情——那种20世纪90年代的世情与气质，以及小武一般的人物，在我们这江南的海盐县城或乡镇又何尝没有。很快，现场等候多时的余华读者便围了上来，捧着《活着》《许三观卖血记》《第七天》等作品请求余华签名，余华一一应允，倚在水榭的茶台上签起名来。有粉丝请求与贾樟柯导演合影，贾导也不拒绝。大部分情况下，大众只识得贾樟柯的导演身份，实际上他还是一个作家，《贾想Ⅰ：贾樟柯电影手记1996—2008》《贾想Ⅱ：贾樟柯电影手记2008—2016》2部书记录的不只是关于电影的吉光片羽，也安放着他璀璨的文学梦想。余华告诉我，他与贾樟柯不仅是"拍"与"被拍"的关系，他们还是很要好的朋友。在我看来，余华和贾樟柯都是当代中国极其重要的记录者，或以文学的形式，或以电影的形式，推进着关乎时代与人性的记录。

贾樟柯导演叙述："影片将用18个章节讲述1949年以来的中国往事。出生于20世纪50、60、70年代的3位作家贾平凹、余华、梁鸿成为影片最重要的叙述者，他们与作家马烽的女儿一起，重新注视了社会变迁中的个人与家庭，让影片成为一部跨度长达70年的心灵史。"影片先后辗转山西、河南、陕西、浙江4省，历时66天，行程2777公里，最终于2019年7月中旬在余华故乡浙江海盐观海园内的鱼鳞石塘上正式杀青。

在海盐数日，贾樟柯导演对这座江南小城恬淡、静雅的腔调很是喜欢。"浙中数第一"的江南园林绮园、最早建于元代的水上廊桥大栅桥、"南戏四大声腔之首"海盐腔、"海上长城"鱼鳞石塘等海盐元素，融入余华的讲述与行走，纷纷落入导演的镜头之中。关于影片的名字，还有一段有趣的故事。在来海盐之前，这部影片名为《一个村庄的文学》，但在海盐拍摄完余华篇后，纪录片名调整为《一直游到海水变蓝》，其中的灵感少不了"余华与海盐"对导演的影响。

海盐是杭州湾北岸的一座小县城，印象中海盐人不管杭州湾叫"湾"，惯常的叫法就是"大海"，"起早去海边看日出""饭后去海边走走""我一直生活在靠海的地方"等诸如此类的话，便是海盐人的日常用语。站在鱼鳞石塘上，余华向贾樟柯回忆起少年时在大海中游泳的情景："20世纪六七十年代，夏天的海边很热闹，那时候大家兄弟姐妹多，也年轻，不怕死，纷纷下海游泳，一退潮就露出一堆屁股，现在大家多的是独生子女，夏天海边也没什么人下水，一退潮海里也很冷清。"有一次，余华心血来潮顺着洋流游到了海盐东邻的平湖乍浦，他说那时候心底有一股往前游的冲动——一直游到海水变蓝。当然了，杭州湾的海水是灰黄的，又怎么会变蓝，那大抵是少年余华胸怀着"到中流击水，浪遏飞舟"的"书生意气"。我也曾听余华说过，童年时，他便在杨家弄11号北侧的朱家池塘学游泳，后来学会了便去向阳桥下更宽阔的市河游泳，再后来就在杭州湾的这片大海里游了起来。与海盐相距不远的桐乡有一位哲人木心先生，他曾对这类少年气质有过极其精彩的形容："青春都有一份纯真、激情、向上、爱美的意境，亦即是罗曼蒂克的醇髓，几乎可说少年青年个个都是艺术家的坯、诗人的料、英雄豪杰的种。"一直游到海水变蓝，既写实，颇有少年涉海的画面感，也写意，蕴含了少年勇敢闯荡的年轻力。贾樟柯导演喜欢余华的讲述，尤其喜欢"一直游到海水变蓝"这句话。这大概是片名更改的缘起。

要了解一人，我总是习惯于探寻过去。当一个人什么都不是的时候，他独自走的那条来时路长什么样子，他又怀抱哪一种心情。在《我的边城，我的国》一文中，我读到贾樟柯导演念及家乡山西汾阳的那份真诚与感性。他写道：

> 我在那里长到二十一岁，曾试着写诗画画。生活里的许多事像旷野的鬼，事情过了他还不走，他追着我，一直逼我至角落，逼到这盏孤灯下，让我讲出事情来。那时，我开始写《站台》，写一个县城文工团80年代的事情。80年代的文工团总有些风流韵事，80年代我从十岁长到二十岁。从那时到现在，中国社会的变化比泼在地上的硫酸还强烈，我搞不清楚我为什么会如此矫揉造作，

内心总是伤感。

　　每次落笔都会落泪，先是听到钢笔划过稿纸的声音，到最后听到眼泪打在纸上的滴答声。这种滴答声我熟悉，夏天的汾阳暴雨突至，打在地上的第一层雨就是这样的声响，发白的土地在雨中就会渐渐变黑。雨打在屋外的苹果树上，树叶也是沙沙的声响。雨落苹果树，树会生长，果实会成熟。泪落白纸，剧本会完成，电影也会诞生。原来作品就像植物，需要有水。

　　导演贾樟柯出生于1970年5月24日，作家余华出生于1960年4月3日。两人相差正好10岁，一个在山西汾阳县城（今汾阳市区），一个在浙江海盐县城，我在比照2人经历时最为触动的是2个人各自的"一部小镇青年奋斗史"。贾樟柯的青春在写剧本、拍电影，余华的青春呢？在《我的文学白日梦》中，余华重温了当年的抱负与决心。他写道：

　　我刚刚开始喜欢文学时，正在宁波第二医院口腔科进修，有位同屋的进修医生知道我喜欢文学，而且准备写作，他以过来人的身份告诉我，他从前也是文学爱好者，也做过文学白日梦，他劝我不要胡思乱想去喜欢什么文学了，他说："我的昨天就是你的今天。"我当时回答他："我的明天不是你的今天。"那是一九八〇年，我二十岁。

我九三年开始用电脑写作，已经是386时代了。前面用手写了十年，右手的食指和中指上都起了厚厚的茧，曾经骄傲过，后来认识了王蒙，看到他手指上的茧像黄豆一样隆起，十分钦佩，以后不敢再骄傲了。九三年到现在已经十二年了，打这些字时仔细摸了一下自己右手的食、中二指，茧没了。王蒙286时代就用电脑写作了，比我早几年，不过我敢确定他手指上的茧仍在，那是大半辈子的功力。我的才十年，那茧连老都称不上。

后来的故事大家都知道了。1987年，余华27岁，那年他写出了成名作《十八岁出门远行》，"你已经走在中国文学的最前列了"，然后以更密集、磅礴的中短篇小说创作奠定写作地位，更持续写出《在细雨中呼喊》《活着》《许三观卖血记》《兄弟》等长篇力作，步履不停地从海盐走向嘉兴，从嘉兴走向北京，从北京走向国际，跻身国际大作家之列。1997年，贾樟柯27岁，那年他拍摄了第一部剧情长片《小武》，次年上映，被称为是"标志中国电影复兴和活力的影片"，之后更以几乎与当代中国社会发展同步的选材拍摄了《站台》《任逍遥》《世界》《三峡好人》《二十四城记》《海上传奇》《山河故人》等电影，以电影方式记录了时代的变迁，步履不停地从汾阳走向北京，从北京走向欧洲三大国际电影节，跻身国际大导演之列。回头看看来时路，仿佛所有的成绩早已在过去完成了铺垫，这铺垫是一个少年在深夜努力的真诚，是一个少年坚定的抱负和决心，之后的漫长坚持与奋斗，不是为了别的什么东西，纯粹是一种自我期许的赤诚实践。

2019年7月，浙江海盐绮园，贾樟柯在此拍摄有关余华的纪录片《一直游到海水变蓝》（计歆宇摄）

"我只要写作，就是回家"

——余华回乡记

"海盐是我的故乡，武原是我故乡中的故乡。我只要写作，就是回家。""离开故乡多年以后才发现，真正的财富其实就在故乡。"2019年11月30日17时08分，作家余华在海盐县武原街道举办的乡贤大会上的一番发言，似对故乡的深情告白，令听者动容。

当天，余华被聘为武原街道首届乡贤联谊会名誉会长，距离他1993年离开家乡定居北京已有26年。

一个月前，余华收到一封"家书"——来自海盐县武原街道的邀请函，请他参加11月30日的乡贤联谊会——"诚请诸贤归乡，鉴武原之变，叙怀乡之情，商发展之计"。

此时，余华已经订好了11月27日飞赴国外对接书籍出版事宜的机票。经过思考，余华很快做出了决定。他向海外的出版方发送了一封邮件，说明缘由，延期洽谈。

11月29日15时18分，由北京驶来的G41次列车准点停靠嘉兴高铁南站。

余华，回家了。

"我的文学白日梦"到底实现了

汽车快速行驶在嘉南公路上。

余华望向窗外，说道："这30年变化太大了。当年，海盐去嘉兴，坐船要3到4个小时，交通极其不方便，这也是我要出去闯荡的原因之一。"

1977年，高考落榜，次年3月，18岁的余华进入海盐县武原镇卫生院，当了一名牙医。但他最喜欢的是写作。

1979年，余华进入宁波第二医院口腔科进修，同屋的进修医生得知余华喜欢文学，告诉余华他从前也是文学爱好者，也做过文学白日梦，劝余华还是不要胡思乱想去喜欢什么文学了，说："我的昨天就是你的今天。"余华对那位"过来人"说："我的明天不是你的今天。"

车入海盐县境。余华回忆起20世纪80年代初，他将大部分业余时间泡在了武原镇虹桥新村26号那间临河小屋里，潜心阅读与写作。

1983年，余华的小说处女作《第一宿舍》发表在《西湖》杂志上。

很快，他收到了《北京文学》编委周雁如女士打来的改稿电话，次年他的短篇小说《星星》发表在《北京文学》上，并获得了"1984年《北京文学》优秀作品奖"。

1984年8月，余华因写作才华被正式调入海盐县文化馆。

1986年冬天，余华创作短篇小说《十八岁出门远行》。评论家李陀告诉他："你已经走在中国文学的最前列了。"

与此同时，余华开启了属于自己的"远行之路"。1988年，他入读由鲁迅文学院和北京师范大学联办的创作研究生班，与莫言等作家成为同学。

1989年底，余华调入嘉兴市文联，担任《烟雨楼》杂志编辑。

1993年，余华发表长篇小说《活着》。同年，33岁的余华离开嘉兴，定居北京，专业从事文学创作。

2019年11月29日16时18分，余华入住海盐宾馆。10分钟后，他出现在宾馆大厅，给会务组准备的一批《在细雨中呼喊》签名。

1年多前，余华在央视《朗读者》节目中亮相："大家好，我是余华。今天我要朗读的是我的小说《在细雨中呼喊》的选段，谨以此篇献给我记忆中的故乡——海盐南门。"那一夜，余华成了海盐全城最热的话题。

1991年发表的《在细雨中呼喊》是余华的长篇小说处女作，写到了南门、沈荡、北荡等诸多海盐地名，被认为是"最能代表海盐这座城市气质的小说"。

"在细雨中呼喊——武原乡贤回家"

11月30日14时，细雨飘飞，2辆大巴车驶向海盐县武原街道金星景区和梦湖公园，车上坐着从五湖四海归来的60余位武原乡贤。车经新桥路、枣园路、01省道至金星村，沿途与余华笔下当年的海盐风物已有鲜明分别。

"庆丰村现在还在吗？""以前的县城没有这么大。""那里以前是海盐的火葬场。"……一路上，余华询问着，感慨着。

14时26分，金星景区。荷塘亭台、碧水春晓、廊径览胜、翰墨流芳……昔日小村落借着乡村振兴的东风，已蝶变为海盐美丽乡村中的"实力网红"。

随后，乡贤们进入武原乡贤馆。作为海盐县第一个乡贤馆，武原乡贤馆呈现了唐诗研究巨擘胡震亨、出版巨子张元济、史学大家朱希祖等40余位古今乡贤，还辟出了余华专区。专区展陈了余华简介、余华作品影视改编及余华在海盐的签书会等内容，一旁的书柜里则放置了余华作品全集。视频中正循环播放着余华在《朗读者》中的朗读。

30多年的创作中，余华凭借《在细雨中呼喊》《活着》《许三观卖血记》《兄弟》《第七天》等作品成为享誉世界的作家，曾获意大利格林扎纳·卡佛文学奖（1998年）、法国文学和艺术骑士勋章（2004年）、中华图书特殊贡献奖（2005年）、第十二届华语文学传媒大奖年度作家（2013年）、第二届中国版权金奖（2018年）等奖项，并拥有大批读者，其中他的小说《活着》销量已逾1000万册。

"建乡贤馆的初衷是用乡贤文化孕育文明乡风。这是一个留住乡愁、守望乡土的文化载体。我们希望以作家余华等乡贤为楷模，弘扬优秀传统，形成向上、向善的力量。"海盐县武原街道党委委员、武原乡贤馆策划人顾爱萍说。

一步入乡贤馆，余华即被人拉着在展区前合影。

乡贤微信群中，有人留言："今天细雨蒙蒙，特别契合'在细雨中呼喊'的氛围。"

有人应和道："在细雨中呼喊——武原乡贤回家啦！"

"离开故乡多年以后才发现，真正的财富其实就在故乡"

11月30日17时许，武原街道乡贤联谊会成立大会上，余华从街道党委书记卫沈弘手中接过"武原街道首届乡贤联谊会名誉会长"的水晶奖杯，之后缓缓叙述自己与海盐武原的关系："我在外地漂泊了很多年。人家问我是哪里人，我说是海盐人。假如是海盐人来问我的话，我就说是武原人。海盐是我的故乡，武原是我故乡中的故乡。"

故乡之于他的写作，意味着什么？余华说，2019年上半年，他整理文件时，发现自己2年前已经编好了一本书，主要是国内与国外媒体对他的访谈，他计划出一本访谈集。在出版商问及书名时，余华说："就叫《我只要写作，就是回家》。哪怕我离开海盐快30年了，只要一写作，我就会把场景放到武原来写。哪怕是发生在北京、发生在外国的故事，我也要给它改头换面，放到一个我自己最熟悉的地方来写。"

故乡的影响从未消失，精神上如此，生理上也一样。2014年余华得了严重的湿疹，手上、脚底全是裂缝。医生给他配了药膏，药膏一抹就好，但是一周后又全裂开了，以致脚底贴满了创可贴。之后，余华回到故乡海盐，一住4个多月，湿疹痊愈了。余华莞尔一笑道："我现在明白一个道理，有病以后就回到故乡，也许就能够好，这是我一个很强烈的感受，我这个湿疹到现在也没复发。"

笑声和掌声中，余华开始讲一个出自《一千零一夜》的故事。一个巴格达的富翁，坐吃山空，把自家财富都挥霍光了，变成了一个穷人，但他整天梦想着重新富有。一天晚上，他梦见一个智者对他说："你的财富在开罗。"他立马动身前往开罗。历经长途跋涉，他到达开罗，住进了一座清真寺中。有天晚上，3个盗贼前去偷窃，巡警闻声赶来，这个倒霉蛋被误作盗贼而下了牢狱。当地警察局长审问他，他说："我是因为一个梦来的开罗，因为梦里有人告诉我这里有我的财富。"警察局长哈哈大笑说；"你这个笨蛋，我做过2个梦，都说我的财富在巴格达的一个院子里，谁会信这种事情。"这个倒霉蛋再次长途跋涉回到自己的家乡，他越想越感觉警察局长形容的院子就是他的家，果然，他在自家院子里挖出了巨大的宝藏。

"这个故事告诉我们什么呢？我们这些人在外面漂泊了很多年，离开故乡多年以后才发现，真正的财富其实就在故乡，有的是在树底下，有的是在墙脚下面。"余华说。

海盐人发现，这几年，余华回故乡的次数正悄然增密。

12月1日，G44次列车，16时40分，嘉兴南至北京南。

余华再一次踏上了离乡的列车，只是行李箱中多了2样东西——一个水晶奖杯和一盒海盐特产大头菜。

2019年11月30日，余华返乡参加海盐县武原街
道乡贤联谊会（宋月峰摄）

《在细雨中呼喊》的"海盐倒影"

1991年9月17日，31岁的余华写完了他的第一部长篇小说《呼喊与细雨》，后改名为《在细雨中呼喊》。这部作品既展现了余华成熟的小说叙事能力，也展现了余华出色的结构故事能力。小说从主人公孙光林的视角出发，讲述了一个少年眼中的父亲孙广才如何一步步将自己培养成彻头彻尾的无赖，以及成人世界中的种种爱恨情仇和悲欢离合，当然还包括了一群少年的拔节成长。

《在细雨中呼喊》有着怎样的创作土壤？我想与海盐这片土地有着不可分割的联系，读者，尤其是海盐读者，能够从中看到许许多多的"海盐倒影"。余华曾在《在细雨中呼喊》韩文版自序中坦言："这虽然不是一部自传，里面却是云集了我童年和少年时期的感受和理解，当然这样的感受和理解是以记忆的方式得到了重温。"而我似乎能够想象到，20世纪90年代左右，年轻的余华已经凭借一批中短篇小说在文坛打响名声，甚至已经走在了先锋作家之列，那时的他亟须用一部优秀的长篇小说进一步巩固自己的地位。于是，余华如饥似渴地从他的"海盐经验"中汲取灵感，并源源不断地输送到他的小说创作中。《在细雨中呼喊》就这样诞生了。

立足《在细雨中呼喊》整部小说，循着余华随笔中成长的轨迹与往事的回忆，我试图捕捉《在细雨中呼喊》中的"海盐倒影"，那孤独的无依无靠的让人战栗的呼喊、孙光林养父王立强的自杀、苏父载着苏宇兄弟俩的自行车、蕴含性启蒙的彩色图片、做牙医的叔叔、用于躲藏的稻田，以及南门、孙荡（即海盐水乡"沈荡"，发音与"孙荡"相同）、北荡桥、三环洞桥等极具海盐特色的地名，与余华被唤醒的往事记忆相互呼应，并共同构成小说的生命，这生命同时具有虚构和现实两种力量。

一、自行车

《在细雨中呼喊》第一章"南门"一节中有关于"自行车"的描写，那是当医生的苏父载着苏宇、苏杭的美好场景：

> 他们的父亲是城里医院的医生。我经常看到这个皮肤白净、嗓音温和的医生，下班后在那条小路上从容不迫地走来。只有一次，医生没有走着回家，而是骑着一辆医院的自行车出现在那条路上。那时我正提着满满一篮青草往家中走去。身后的铃声惊

动了我，我听到医生在车上大声呼喊他的两个儿子。

苏家兄弟从屋里出来后，为眼前出现的情景欢呼跳跃。他们欢快地奔向自行车，他们的母亲站在围墙前，微笑地看着自己的家人。

医生带着他的两个儿子，骑上了田间小路。坐在车上的两个城里孩子发出了激动人心的喊叫。坐在前面的弟弟不停地按响车铃。这情景让村里的孩子羡慕不已。

熟悉余华作品的读者都知道，这个段落似曾相识。随笔集《没有一条道路是重复的》中收录了一篇散文《医院里的童年》，余华在其中回忆了他的父亲曾骑着自行车载过哥哥和他的美好时刻，就像苏父载着苏宇、苏杭一样，而且这其中的两位父亲都是"城里医院的医生"，自行车也都是从医院里借的，唯一的区别是苏父同时载着苏宇、苏杭，而余华的父亲则是分别载了哥哥和他。显而易见，余华在叙述苏家父子的快乐时光这一情节时唤醒并使用了自身的记忆。具体来看，余华是这么写的：

我清楚地记得有一天我父亲上班时让我跟在他的身后，他在前面大步流星地走着，而我必须用跑步的速度才能跟上他。到了医院的门诊部，他借了医院里唯一的一辆自行车，让我坐在前面，他骑着自行车穿过木桥，在住院部转了一圈，又从木桥上回到了门诊部，将车送还以后，他就走进了手术室，而我继续着日复一日的在医院里的游荡生活。

这是我童年里为数不多的奢侈的享受，原因是有一次我吃惊地看到父亲骑着自行车出现在街上，我的哥哥就坐在后座上，这情景使我伤心欲绝，我感到自己被抛弃了，是被幸福抛弃。我不知道自己流出了多少眼泪，提出了多少次的请求，最后又不知道等待了多少日子，才终于获得那美好的时刻。当自行车从桥上的木板驶过去时，发出了嘎吱嘎吱的响声，这种响声让我回味无穷，能让我从梦中笑醒。

二、楼上的书籍

《在细雨中呼喊》第二章"战栗"一节，主人公孙光林在苏家兄弟父母房间的书籍中发现了成长的秘密：

这是从那本摆在苏宇父亲书架上的精装书籍开始的。对苏宇来说精装书籍他十分熟悉，可他对这本书的真正发现还是通过了苏杭。他们离开南门以后一直住在医院的宿舍楼里，苏宇和苏杭住楼下，他们父母住在楼上。父母给这对兄弟每天必须完成的任务是，用拖把打扫地板。最初的几年苏杭负责打扫楼下，他不愿意提着拖把上楼，这无疑会增加工作的难度。后来苏杭突然告诉苏宇以后楼上归他打扫。苏杭没有陈述任何理由，他已经习惯了对哥哥发号施令。苏宇默默无语地接受了苏杭的建议，这个小小的变动没有引起他的注意。苏杭负责楼上以后，每天都有两三个同学来到家中，帮助苏杭在楼上拖地板。于是在楼下的苏宇，便经常听到他们在楼上窃窃私语，以及长吁短叹的怪声。有一次苏宇偶尔闯进去后，才了解到精装书籍的秘密。

…………

第二天上午，我坐在苏家楼上的椅子里，那是一把破旧的藤椅，看着苏宇从书架上抽出那本精装书籍。他向我展示了那张彩色图片。

我当初第一个感觉就是张牙舞爪。通过想象积累起来的最为美好的女性形象，在那张彩色图片面前迅速崩溃。我没有看到事先预料的美，看到的是奇丑无比的画面，张牙舞爪的画面上明显地透露着凶狠。苏宇脸色苍白地站在那里，我也同样脸色苍白。苏宇合上了精装书籍，他说：

"我不应该给你看。"

孙光林与苏宇、苏杭以及他们的同学所遭遇的是青春的萌动、身心的战栗。青春期的到来，让孙光林等男孩们"开始了对女性的各种想象",如孙光林的自白:"随着年龄的增长,我看女性的目光发生了急促的变化,我开始注意到她们的臀部和胸部,不再像过去那样只为漂亮的神情和目光感动。"少年心理逐渐成长,他们在日积月累中逐渐靠近成人。这段叙述的灵感同样也是其来有自的,它是余华在海盐生活实际经历的部分倒影,他曾在《阅读的故事》一文中详细地叙述道:

因为我的父母都是医生,所以我们的家在医院的宿舍楼里。这是一幢两层的楼房,楼上楼下都有六个房间,像学校的两层教室那样,通过公用楼梯才能到楼上去。这幢楼房里住了在医院工作的十一户人家,我们家占据了两个房间,我和哥哥住在楼下,我们的父母住在楼上。楼上父母的房间里有一个小书架,上面堆放了十来册医学方面的书籍。

我和哥哥轮流打扫楼上这个房间,父母要求我们打扫房间时,一定要将书架上的灰尘擦干净,我经常懒洋洋地用抹布擦着书架,却没有想到这些貌似无聊的医学书籍里隐藏着惊人的神奇。我在小学毕业的那个暑假里曾经浏览过它们,也没有发现里面的神奇。

我的哥哥发现了。那时候我是一个初二学生,我哥哥是高二学生。有一段日子里,趁着父母上班的时候，我哥哥经常带着他的几个男同学，鬼鬼祟祟地跑到楼上的房间里，然后发出一些稀奇古怪的叫声。

我在楼下经常听到楼上的古怪声，开始怀疑楼上有什么秘密勾当。可是当我跑到楼上以后，我哥哥和他的同学们一副若无其事的模样，嬉笑地聊天。我仔细察看，也看不出什么破绽来。当我回到楼下的房间后，稀奇古怪的叫声立刻又在楼上响起。这样的怪叫声在我父母的房间里持续了差不多两个月，我哥哥的同学们络绎不绝地来到了楼上父母的房间，我觉得他整个年级的男生都去过我家楼上的房间了。

我坚信楼上房间里存在着不可告人的秘密。有一天轮到我打扫卫生时，我像一个侦探似的认真察看每一个角落，发现没有什么。然后我的注意力来到了书架上，我怀疑这些医学书籍里可能夹着什么。我一本一本地取下来，一页一页认真检查着翻过去。当我手里捧着《人体解剖学》翻过去时，神奇出现了：一张彩色的女性阴部的图片倏然在目。好似一个晴天霹雳，让我惊得目瞪口呆。然后，我如饥似渴地察看这张图片的每个细节，以及关于女性阴部的全部说明。

我不知道自己当初第一眼看到女性阴部的彩色

图片时是否失声尖叫了，那一刻我完全惊呆了，根本不知道自己是什么反应。我所知道的是，此后我的初中同学们开始络绎不绝地来到我家楼上，发出他们的一声声惊叫。在我哥哥高中年级的男生们纷纷光顾我家楼上之后，我初中年级的男生们也都在那个房间里留下了他们发自肺腑的叫声。

　　苏家兄弟阅读彩色图片的经历与余华兄弟阅读彩色图片的经历，可以说是大同小异。同样住在医院宿舍，父母住在楼上，兄弟俩住在楼下，同样在打扫卫生的过程中无意间发现这一成长的秘密，并感到震惊。略微不同的地方在于，在余华的叙述中，兄弟俩发现彩色图片的先后顺序调换了下，小说《在细雨中呼喊》中是弟弟苏杭先发现的，而现实中是余华的哥哥先发现的。当然，在本质上都是一样的，楼上书籍中的彩色图片，就像是一把更实际的开启异性幻想的钥匙，也因此逐渐能够明白过去、现在和将来发生在青春期男女之间或者成人世界里的故事。在《细雨中呼喊》中，这些故事有很多，每个故事的主角也有好几个，比如孙光林的父亲孙广才、哥哥孙光平曾先后爬上村里寡妇的床；冯玉青拉着王跃进要他陪着去医院检查，分手后又闹了王跃进的婚礼，后来跟随一名货郎消失于南门，多年后又带着儿子鲁鲁返回城里；比如苏宇在一个夏天的中午突然抱起一个丰满的少妇而走向了身败名裂；比如孙光林的养父王立强在一次偷情败露后报复未果，再畏罪自杀……这些故事在欲望的紊乱中走向崩溃或毁灭，如同那张彩色图片开启的情绪一般，令人震惊非常。

三、牙医

《在细雨中呼喊》第三章"风烛残年"一节，余华写到了孙光林那位做牙医的叔叔，他是这么写的：

> 祖父摔坏腰以后，我的印象里突然出现了一位叔叔。这个我完全陌生的人，似乎在一个小集镇上干着让人张开嘴巴，然后往里拔牙的事。据说他和一个屠夫，还有一个鞋匠占据了一条街道拐角的地方。我的叔叔继承了我祖父曾经有过的荒唐的行医生涯，但他能够长久地持续下来，证明了他的医术不同于我祖父那种纯粹的胡闹。他撑开宽大的油布伞，面对嘈杂的街道，就像钓鱼那样坐在伞下。他一旦穿上那件污迹斑驳的白大褂，便能以医生自居了。他面前的小方桌上堆着几把生锈的钳子和几十颗血迹尚在的残牙。这些拔下的牙齿是他有力的自我标榜，以此来炫耀自己的手艺已经炉火纯青，招徕着那些牙齿摇晃了的顾客。

对牙医这份职业颇具年代感的描述，并不是余华出于写作需要而去专门研究得来的认知，而是余华个人的实际经历。
20世纪70年代后期到80年代初期，从18岁到23岁，余华曾在
海盐县武原镇卫生院做过5年牙医，在他看来，牙医生涯是他
的青春，他的青春是由成千上万张开的嘴巴构成的，那是世
界上最没有风景的地方。余华在《我的第一份工作》一文中
写道：

> 我的第一份工作是拔牙，我是在1978年3月获
> 得这份工作的。……牙医是什么工作？在过去是
> 和修鞋的修钟表的打铁的卖肉的理发的卖爆米花的
> 一字儿排开，撑起一把洋伞，将钳子什么的和先前
> 拔下的牙齿在柜子上摆开，以此招徕顾客。我当牙
> 医的时候算是有点医生的味道了，大医院里叫口腔
> 科，我们卫生院小，所以还是叫牙科。我们的顾客
> 主要是来自乡下的农民，农民都不叫我们"医院"，
> 而叫"牙齿店"。

四、稻田

《在细雨中呼喊》第三章"风烛残年"一节中，孙光林
的弟弟孙光明在爷爷孙有元的怂恿下，将家里饭桌的四条腿
全给锯掉了，然后孙有元告诉年幼的孙光明："你作孽了，孙
广才会打死你的。"孙光明这才意识到自己闯祸了，于是"离

家出走"了。余华写道：

> 我那可怜的弟弟吓得目瞪口呆，到那时他才知道后果的可怕。孙光明眼泪汪汪地望着祖父，孙有元却站起来走入了自己的房间。我弟弟后来独自走出屋去，他一直消失到第二天早晨。他不敢回到家中，在稻田里忍饥挨饿睡了一夜。我父亲站在田埂上，发现一大片稻子里有一块陷了下去，他就这样捉住了我的弟弟。经历了一夜咆哮的孙广才，依然怒火冲天，他把我弟弟的屁股打得像是挂在树上的苹果，青红相交，使我弟弟足足一个月没法在凳子上坐下来。

孙光明这段躲在稻田里的往事，既是孙光林的回忆，也是余华童年的回忆。余华在随笔《麦田里》写到自己小时候常常在惹父亲生气之后，为躲避父亲责罚而逃到麦田里去，他说：

> 那时候我家在一个名叫武原的小镇上，我在窗前可以看到一片片的稻田，同时也能够看到一小片的麦田，它在稻田的包围中。这是我小时候见到的绝无仅有的一片麦田，也是我最热爱的地方。我曾经在这片麦田的中央做过一张床，是将正在生长的麦子踩倒后做成的，夏天的时候我时常独自一人躺

在那里。我没有在稻田的中央做一张床是因为稻田里有水，就是没有水也是泥泞不堪，而麦田的地上总是干的。

…………

后来我父亲发现了我的藏身之处。那一次还没有到傍晚，他在田间的小路上走来走去，怒气冲冲地喊叫着我的名字，威胁着我，说如果我再不出去的话，他就会永远不让我回家。当时我就躺在麦田里，我一点都不害怕，我知道父亲不会发现我。虽然他那时候怒气十足，可是等到天色黑下来以后，他就会怒气全消，就会焦急不安，然后就会让我去吃上一顿包子。

让我倒霉的是，一个农民从我父亲身旁走过去了，他在田埂上看到麦田里有一块麦子倒下去了，他就在嘴里抱怨着麦田里的麦子被一个王八蛋给踩倒了，他骂骂咧咧地走过去，他的话提醒了我的父亲，这位外科医生立刻知道他的儿子身藏何处了。于是我被父亲从麦田里揪了出来，那时候还是下午，天还没有黑，我父亲也还怒火未消，所以那一次我没有像往常那样因祸得福地饱尝一顿包子，而是饱尝了皮肉之苦。

撇开麦田与稻田积水与否的争议，在叙述孙光明逃往田野暂时躲避父亲追打这件事情上，余华再一次动用了生动鲜明的个人回忆。

五、呼喊

余华小时候曾住在医院宿舍，对面不到50米的地方就是医院的太平间，他在《医院里的童年》中回忆说自己几乎是在哭泣声中成长的：

> 那些因病逝去的人，在他们的身体被火化之前，都会在我窗户对面的太平间里躺上一晚，就像漫漫旅途中的客栈，太平间以无声的姿态接待了那些由生向死的匆匆过客，而死者亲属的哭叫声只有他们自己可以听到。
>
> 当然我也听到了。我在无数个夜晚里突然醒来，聆听那些失去亲人以后的悲痛之声。居住在医院宿舍的那十年里，可以说我听到了这个世界上最为丰富的哭声，什么样的声音都有，到后来让我感到那已经不是哭声，尤其是黎明来临时，哭泣者的声音显得漫长持久，而且感动人心。我觉得哭声里充满了难以言传的亲切，那种疼痛无比的亲切。有一段时间，我曾经认为这是世界上最为动人的歌谣。

就像余华小时候常常被半夜的哭叫声吵醒一般，《在细雨中呼喊》这篇小说的叙述就是从一个孩子半夜被一个女人哭泣般的呼喊声惊醒开始的，余华是这么写的：

> 1965年的时候，一个孩子开始了对黑夜不可名状的恐惧。我回想起了那个细雨飘扬的夜晚，当时我已经睡了，我是那么的小巧，就像玩具似的被放在床上。屋檐滴水所显示的，是寂静的存在，我的逐渐入睡，是对雨中水滴的逐渐遗忘。应该是在这时候，在我安全而又平静地进入睡眠时，仿佛呈现出一条幽静的道路，树木和草丛依次闪开。一个女人哭泣般的呼喊声从远处传来，嘶哑的声音在当初寂静无比的黑夜里突然响起，使我此刻回想中的童年颤抖不已。
>
> 我看到了自己，一个受惊的孩子睁大恐惧的眼睛，他的脸型在黑暗里模糊不清。那个女人的呼喊声持续了很久，我是那么急切和害怕地期待着另一个声音的来到，一个出来回答女人的呼喊，能够平息她哭泣的声音，可是没有出现。现在我能够意识到当初自己惊恐的原因，那就是我一直没有听到一个出来回答的声音。再也没有比孤独的无依无靠的呼喊声更让人战栗了，在雨中空旷的黑夜里。

余华在这部小说的中文版自序中解释，他在写作中与书中的人物相会，这一次与一个家庭相遇，并且去理解他们的命运，"去理解柔弱的母亲如何完成了自己忍受的一生，她唯一爆发出来的愤怒是在弥留之际"。小说中，孙光林的母亲一生都沉默寡言，临死时响亮的大喊大叫全部朝她堕落不堪、无耻至极的丈夫孙广才而去。另外，孙光林的养母李秀英常年生病，有时也会尖厉地喊叫他。当然，这半夜的呼喊也有可能只是孙广林的一种梦魇，一种阴影，一种类似心理暗示的命运指代。

六、尾声

余华不仅唤醒了自己童年和少年时期的经历，也唤醒了海盐这座县城曾经发生过的故事。《海盐县人民医院志》记载："1978年11月下旬，某单位人员李某因与同事家属发生个人矛盾而将其炸伤，医院救护车司机张宗焕将伤者护送至医院外科病房救治，离开后，看见李某手拿手榴弹走向医院。张宗焕见状立即返回病房通知护士将伤者转移，同时通知医生报警。县武警中队人员赶到医院阻止李某进入病房，李某引爆自尽。张宗焕被县委、县人武部党委授予三等功。"这桩发生于20世纪70年代末的真实案件，曾经轰动海盐县城。

史料记载中李某的故事与《在细雨中呼喊》中王立强的故事有一定的相似之处。《在细雨中呼喊》第四章最后一节"回到南门"，讲述了孙光林养父王立强的最终命运。王立强与一个年轻女子在办公室偷情时被同事的妻子发现，在求饶无用后向同事的妻子发起了报复，他本想用手榴弹炸死同事的妻子，结果却是意外炸死了同事的两个孩子，同事的妻子侥幸活了下来，王立强被包围后拉响手榴弹自杀了。作为现实案件的"倒影"，余华以文学的方式重塑了这个故事，王立强的命运也因此更具有阴雨绵绵的气质，成人世界里爱恨情仇的起伏与崩溃也在最后的爆炸声中"穷形尽相"。

余华曾说："'我只要写作，就是回家。'我的每一次写作都让我回到南方……在经历了最近二十年的天翻地覆以后，我童年的那个小镇已经没有了，我现在叙述里的小镇已经是一个抽象的南方小镇了，是一个心理的暗示，也是一个想象的归宿。"《在细雨中呼喊》这部小说的背景似乎就在这样一个抽象的南方小镇，我把它称为"海盐的倒影"，倒影与实实在在的人、事、物相比，不求完全复制，却有太多相似的影子。余华个人经历与他所听闻的小城故事的改编是"海盐的倒影"，还有许许多多的地名几乎就是直接沿用或者化用了海盐现成的地名。比如，王立强拉着孙光林的手"离开了南门，坐上一艘突突直响的轮船，在一条漫长的河流里接近了那个名叫孙荡的城镇"，孙荡即沈荡，是海盐的一个水乡小镇。关于"孙"和"沈"的关系，余华在另一篇散文《我的第一份工作》中做过解释："在我们海盐话的发音里'沈'和'孙'没有区别。"比如"南门"这个地名在小说的开头和结尾都出现了，从自"南门"出发开始到"回到南门"结束，南门在

《在细雨中呼喊》的「海盐倒影」

143

小说里很有故乡的意味，而现实中的海盐至今依然保留着南门的地名，更因之衍生出南门社区、南门广场等名。除此之外，北荡、三环洞桥等海盐常用地名也出现在了《在细雨中呼喊》中。凡此种种，海盐读者在读《在细雨中呼喊》时，脑海中就很容易浮现许许多多"海盐的倒影"，也因此更加觉得这是一部极具海盐城市气质的小说。

当小说主人公孙光林从南门离开，又回到南门时，我似乎也能够想象到，坐在这个故事背后的那个人——余华——从海盐离开，而又借助《在细雨中呼喊》这部小说的叙述再一次回到了海盐，就像他自己所说的："我只要写作，就是回家。"

《活着》为何长盛不衰

　　《活着》是余华最负盛名的小说，首发于1992年第6期《收获》杂志，当初还只是一部中篇小说，7万字左右，之后扩充为十二三万字的长篇小说。《活着》荣获了意大利格林扎纳·卡佛文学奖（1998年）、中国版权金奖（2018年）等各种奖项，并入选中国百位批评家和文学编辑评选的"90年代最有影响的10部作品"，其影响力长盛不衰，是纯文学界的畅销奇迹，至今累计销量已逾千万册。为何《活着》以如此旺盛的生命力打动了千万读者？答案可能还得回归到《活着》这部小说的文本中来，我想少不了余华之于先锋的转身、对小说人物的塑造、对细部的处理、读者与小说人物悲剧命运的共情，以及因之产生的关于活着或死亡的思考等因素的综合作用。

　　从作者的创作经历来看，20世纪90年代初期，余华的写作风格逐渐迥异于几年前的先锋时期。

　　1986年春天，余华读到了卡夫卡，尤其是《乡村医生》

那匹自由出入的马让他进一步认识到想象的自由，原来小说可以这么写，他像被解脱束缚一般说道："从某种意义上，作家完全可以依据自己心情是否愉悦来决定形式是否愉悦。"那年冬天，余华就写出了《十八岁出门远行》，并义无反顾地走上先锋之路，成了先锋派文学主将之一。那时候余华笔下的人物，譬如《十八岁出门远行》中的主人公"我"，没有具体名字，"我"只是作为所有18岁青年的一种象征，"我"的存在只是为了感受"外面的世界"，对于初出茅庐的青年人的考验，这种考验是双重性的，肉体上可能给予你无情打击，精神上也会给你造成无限迷茫，而"我"纵然迷惑、不甚理解，但是没有关系，感受就可以了，这份感受和体验某种意义上就是"18岁的成人礼"，这是更接近这个世界真相和现实的部分。先锋时期的余华，还写了一批中短篇小说，其中的人物大多如《十八岁出门远行》中的"我"一样，没有特别饱满的血肉或者复杂的灵魂，更多的时候就像是旨在贯彻作者意志的一个符号、一种道具而已。就像余华在《虚伪的作品》中的坦率，那个时候的他说："我并不认为人物在作品中享有的地位，比河流、阳光、树叶、街道和房屋来得重要。我认为人物和河流、阳光等一样，在作品中都只是道具而已。河流以流动的方式来展示其欲望，房屋则在静默中显露欲望的存在。人物与河流、阳光、街道、房屋等各种道具在作品中组合一体又互相作用，从而展现出完整的欲望。这种欲望便是象征的存在。"当小说人物只是道具时，也许最终也可以较好地在叙述中呈现出作者想要表达的各种意涵，但他们作为小说人物本身却实实在在与读者产生了距离，没有饱满血肉、复杂灵魂的人物是很难让读者产生共情的，这样的人物最终在读者面前也注定只是道具。

余华在创作《活着》时，先锋派文学浪潮逐渐退潮，他也逐渐完成了对先锋的转身，《活着》里的人物发出了自己的声音，福贵、家珍、凤霞、有庆、二喜等一批人物上演着自己命运起伏的故事，他们在"活着"这一幅广阔的图景中或走来或离去，读者在小说中遇见的那一个个人物不再是一个个道具，而是极有可能就生活于我们周遭的活生生的人，他们承受的悲欢离合是人之常情，是现实中或将不可避免的意外，是"无可奈何花落去"的"生死必修课"。当人们亲近小说人物的内心，于是也便不可遏制地流下眼泪。

在这部《活着》中，人物脱离了符号的象征，福贵是坚韧的，家珍是贤惠的，凤霞是善良的，有庆是懂事的，二喜是踏实的，一个个人物都有自己鲜明的个性，饱满有力，并在一件件事情中得到深化。

小说结尾，福贵已经失去了父亲、母亲、有庆、凤霞、家珍、二喜、苦根等7位亲人，如果论世俗实际，他的人生似乎已经没有什么盼头了，这时候福贵攒了买牛的钱走着去一个叫"新丰"的牛市场买牛，还未走到牛市场，路过一个村庄时看到晒场上一头老牛正要被宰杀，继续走了一段路还是不忍心老牛被宰杀，又折返回去买下了这头老牛。余华的这段叙述呈现了一个更为丰满的福贵，表面上通过这件事可以判断出福贵是一个善良的老人，更深一层是塑造了福贵生命的韧劲，他在几乎再没有什么盼头的人生路上要把活着这件事贯彻到底，买了一头可怜的老牛也许某种程度上投射着福贵的"顾影自怜"，买了牛可以耕田，也好有个陪伴，这也验证了他要继续活下去的打算。

再譬如，家珍在小说中可以说是中国传统妇女的贤惠典型。福贵还是少爷时沉迷赌博，家珍挺着大肚子跪求福贵别赌了，遭了福贵的打还是没喊没叫隐忍着，这是对丈夫的"愚忠"，应了那句"嫁鸡随鸡嫁狗随狗"，但之后福贵败光家产，家珍也没有深重的怨恨，被父亲接回娘家后，家珍生完有庆又回了落魄的徐家。能享福，也能吃苦，这是家珍作为女人的胸襟与度量。直到临死之际，家珍还在宽慰福贵："这辈子也快过完了，你对我这么好，我也心满意足，我为你生了一双儿女，也算是报答你了，下辈子我们还要在一起过。"正是家珍的这份贤惠，让读者们在读到家珍的手臂一截一截凉下去、胸口的热气一点点漏掉时，切切实实感受到一个有温度的良善生命的离去；让福贵后来在回忆他的女人家珍时感慨清晰——家珍死得很好，死得平平安安、干干净净，死后一点是非都没有留下，不像村里有些女人，死了还有人说闲话；让小说中那个民间歌谣收集者听完福贵回忆家珍时，"内心涌上一股难言的温情"。

余华初写小说时，颇受川端康成影响，注重小说"细部的描写"。在小说《活着》中，我们常常可以欣赏到这种"细部的描写"，这不仅为文本阅读提供了说服力，也产生了极强的感染力。福贵赌博输光家产的那个晚上，他先是"像只瘟鸡似的走出了青楼"，天已经亮了，但是他"都不知道该往哪里走"，还被一个提着一篮豆腐的熟人叫的一声"早啊，徐家少爷"吓了一跳，在路过丈人米行时，"把脑袋缩了缩，贴着另一端的房屋赶紧走了过去"，接着是"迷迷糊糊走到了城外……脑袋里空空荡荡，像是被捅过的马蜂窝"，就这么一会工夫，福贵"瘦了整整一圈，眼都青了"。余华的这些细部描写将一个赌徒输光家产的乍醒、惊吓、绝望乃至又陷入茫然不知所往的状态呈现得淋漓尽致，吃喝嫖赌徐福贵的少爷形象立了起来，也垮得很彻底。正是因为对这些细部的处理，读者对福贵因赌博从天上到地下的一败涂地有了强烈认同，继而对他今后的命运产生进一步关注。

　　还有一处描写，余华本人也常常提及。那是有庆被抽血过度导致意外去世后，家珍终于知道了儿子的死亡，她在村口的路边哭着说："有庆不会在这条路上跑来了。"福贵看着那条弯曲着通向城里的小路，听不到有庆赤脚跑来的声音，"月光照在路上，像是撒满了盐"。这里的描写2点很出彩，一点是"有庆的跑"，一点是"月光像盐"。有庆给人一个奔跑少年的形象，他常常在学校、村口、家里的路上跑来跑去，一天得跑50多里路，就是为了割草喂羊，否则2头羊就得饿死，久而久之他也成了学校的短跑健将。就是这样一个对动物抱有爱心的阳光少年，最后遭逢意外，其反差才更令人唏嘘，再也听不到有庆跑来的声音这件事才更令人痛心。而对月光的比喻，更彰显了余华对细部把控的能力，没有采用"月光如水像眼泪""月如钩"之类的表达，而是将当时的月光比作了盐，既抓住了盐撒在伤口上的疼痛感，也以日常之物"盐"呈现了死亡、伤心几乎也是难免的生活常态，这样的叙述更贴合百姓常识，更触动读者内心。

　　一部小说，怎么讲很重要，讲了什么也很重要。《活着》这部小说的读者没有特别的年龄界限，上了年纪、经历颇丰的七八十岁老人或是二三十岁的年轻人都喜欢看。《活着》受欢迎，一定程度上是读者与小说人物的命运发生了共情，以及产生了对活着意义本身的思考。《活着》的时空环境是20世纪40年代到80年代的中国江南小镇，主人公福贵一生的经历发生在国共内战、土地改革、"大跃进"和人民公社化运动、"文化大革命"、包产到户等历史事件的背景下，他是大时代激荡浪潮中的一小朵浪花、一份生存样本。福贵对于个人命运的回忆对于上了年纪的读者是一次生命的回溯，读者的命运大概不会如福贵一般凄惨，但在时代浪潮跌宕起伏的经历上，在年岁渐长经历生离死别这件事上，能产生一定的情感共鸣。二三十岁的年轻人较之于父辈、祖辈，没有经历时代的大风大浪，在福贵的命运中能够捕捉到的是历史的回响，以及一次次死亡故事所可能带来的生命教育。

　　站在讲述者福贵的角度，他在生命的暮年与一头老牛相依为命，死亡曾多次与他擦肩而过，命运却都让他意外逃生，他被命运留下来经受一个个亲人的离去：父亲因他赌博败家而气死，母亲与妻子家珍病死，儿子有庆因抽血事故而死，女儿凤霞难产而死，女婿二喜工地出事而死，外孙苦根因饥饿饱食豆子后噎死。福贵从起初经历亲人死亡的悲痛，到对于生命无常的忍受，再到对于死亡这件事的习惯，最终平静地向那位民间歌谣收集者讲述自己的一生。在福贵的故事中，没有生存、幸存之别，没有特别的生活哲理，只有活着本身，他对个人生命经历的简单感受是"有时候想想伤心，有时候想想又很踏实，家里人全是我送的葬，全是我亲手埋的，到了有一天我腿一伸，也不用担心谁了"，这么想便又直接感叹"做人还是平常点好，争这个争那个，争来争去赔了自己的命。像我这样，说起来是越混越没出息，可寿命长，我认识的人一个挨着一个死去，我还活着"。余华把福贵的这种人生观概括为"人是为了活着本身而活着的，而不是为了活着之外的任何事物而活着"。

作为农民的福贵，是万千大众中的普通一人，是人群之中朴素而广泛的存在，福贵便再不是一个个体，而是复数，是人类群体生命的一个代表，在死亡这件事上我们大概率不会比福贵经历更多，在活着这件事上我们又能探索出多少条必定稳妥的坦途。我们在《活着》这部小说中跟随人物的命运起伏而起伏，在福贵的生命中观照家业丰败、亲人来去、生死日常，并因此照见自我生命体验的某个部分，拨动内心深处的隐隐思考，我们并不见得比福贵更聪明、更坚强，于是我们在死亡的阴影下战栗，又在夏日阳光里充满回忆，我们因为死亡这件事的无可奈何而泪流满面，也为活着这件事的不被打倒而肃然起敬。

这些就是我认为《活着》能够长盛不衰的原因。

许三观三题

一、许三观在海盐

1995年8月29日，35岁的余华给《许三观卖血记》这部长篇小说写下了最后一个句号，一部优秀的小说就此诞生了。《许三观卖血记》是余华20世纪90年代创作高峰期写的一部长篇小说，是继长篇小说《在细雨中呼喊》《活着》之后的又一部佳作，入选中国百位批评家和文学编辑评选的"90年代最有影响的10部作品"。

一个作家的文字，某种程度上是在建构一个独立的小世界。作家余华的读者很多，而我总是以为，从版图的角度来看，至少可以分为海盐读者和海盐以外的读者2种。概因海盐读者读余华的作品，就好像在读海盐这座城市，实际上就是进入了这部作品，如每天行走在海盐的大街小巷一样，阅读的过程就像日常一般真实而鲜活。

《许三观卖血记》与海盐这座城市有着千丝万缕的关系。

这部小说塑造了许三观这样一个朴实、善良、坚韧的文学形象，小说描绘的城市环境大致与海盐这座小城的环境互为对应，这个环境是围绕余华当年生活的区域所展开的。譬如书中写道：

> 他无声地哭着向前走，走过城里的小学，走过了电影院，走过了百货店，走过了许玉兰炸油条的小吃店，他都走到家门口了，可是他走过去了。他向前走，走过一条街，走过了另一条街，他走到了胜利饭店。他还是向前走，走过了服装店，走过了天宁寺，走过了肉店，走过了钟表店，走过了五星桥，他走到了医院门口，他仍然向前走，走过了小学，走过了电影院……他在城里的街道上走了一圈，又走了一圈，街上的人都站住了脚，看着他无声地哭着走过去，认识他的人就对他喊：
>
> "许三观，许三观，许三观，许三观，许三观……你为什么哭？你为什么不说话？你为什么不理睬我们？你为什么走个不停？你怎么会这样……"

这其中的环境描写与余华本人的经历是密不可分的。余华1960年4月3日出生于杭州，1962年因父亲调入海盐县人民医院任外科医生而举家迁来海盐县城武原镇。余华曾在海盐县武原镇杨家弄1号、杨家弄11号、海盐县人民医院职工宿舍、虹桥新村26号等地居住过，他所居住过的这些地方与《许三观卖血记》结尾许三观所行经的地点相较，近的相距不到百米的距离，略远的也不过数百米之遥。

时代在发展，城市也在变迁，但我们依然可以大致循着许三观行过的痕迹，找寻海盐这座城市的文学坐标。许三观行过的"城里的小学"，不妨看作当年海盐县武原镇海滨路杨家弄附近的向阳小学，"电影院"即在如今海盐电影院的位置，"五星桥"就在曲尺弄口的地方，"医院"则是原来的海盐县人民医院、现在的海盐县中医院，"许玉兰炸油条的小吃店"在南塘街上，"天宁寺"同样在海滨路五星桥向西百米左右的地方。从海滨东路小学出发，向南至朝阳东路，路过"海盐电影院"，一直沿着如今的朝阳路向西可以路过原南塘街，随后再择路北拐又回到海滨路上，再向东行走，依次可以路过天宁寺、五星桥、医院、小学，如果到了小学还是继续走，则可以形成"在城里的街道上走了一圈，又走了一圈"的循环。余华曾说："我只要写作，就是回家。只要我一写作，我就会把场景放到武原来写，放到一个我自己最熟悉的地方来写。"

许三观的行走之路就在余华最为熟悉的海盐县武原镇，他所行经的街道旁的建筑风景，就是海盐人日常生活中最熟悉不过的建筑风景。不仅如此，许三观曾一路卖血去上海，沿途经过许多地方，其中就有北荡、通元、三环洞等地名，这些是海盐至今依然在用的地名。也因此，海盐读者读《许三观卖血记》这部小说，读许三观的故事，更为亲切，仿佛就是在阅读海盐这座城市里的人物命运之一种。

二、许三观与海盐男人

许三观这个人物形象所透露出的善良淳朴，让我联想到他实在很有海盐男人的气质。且看《许三观卖血记》里的一段描写：

> 许三观开始哭了，他敞开胸口的衣服走过去，让风呼呼地吹在他的脸上，吹在他的胸口；让混浊的眼泪涌出眼眶，沿着两侧的脸颊唰唰地流，流到了脖子里，流到了胸口上。他抬起手去擦了擦，眼泪又流到了他的手上，在他的手掌上流，也在他的手背上流。他的脚在往前走，他的眼泪在往下流。他的头抬着，他的胸也挺着，他的腿迈出去时坚强有力，他的胳膊甩动时也是毫不迟疑，可是他脸上充满了悲伤。他的泪水在他脸上纵横交错地流，就像雨水打在窗玻璃上，就像裂缝爬上快要破碎的碗，就像蓬勃生长出去的树枝，就像渠水流进了田地，就像街道布满了城镇，泪水在他脸上织成了一张网。

> 当年追不到许玉兰，许三观没哭。

刚结完婚生活贫困，许三观没哭。

卖血卖到快要虚脱，许三观没哭。

数十年风雨人生路，老婆还在身边，孩子们也长大了，生活里的坎基本都跨过了，许三观哭了，只是因为年轻的血头说："你快走吧，我不会让你卖血的，你都老成这样了，你身上死血比活血多，没有人会要你的血，只有油漆匠会要你的血……"。

许三观哭了。许三观心里充满了委屈，他想着40年来，今天是第一次，他的血卖不出去了。40年来，每次家里遇上艰难困苦时，他都是靠卖血度过去的，以后他的血没人要了，家里再有艰难困苦怎么办？许三观在他一如万千大众的平凡人生里，经历了太多的风雨悲苦，他都不怕，如今他怕的其实是"老来不中用"，怕这股连血都可以卖的顽强生存的勇气突然变得"一文不值"了。他大半生的命运几乎就靠这股勇气撑持下来的，他怕这一停，便丧失了一个男人担当家庭风雨的能力，甚至全部尊严，他希望他"还有用"，他希望他依然能够"被需要"。

事实上，一乐、二乐、三乐都已长大成人，这个家庭早已跨越了只有许三观一根顶梁柱的艰难时期。父亲老去，孩子们理所应当承担起推动家庭前行的责任，这是人之常情。可是，许三观还是哭了。除了就怕"老来不中用"的勤恳之心依然在暗涌，还因为许三观大半生卖血的惯性在继续，他知道生活中永远有风雨，作为一家之主，势必要用尽全部力量去担当，哪怕孩子们已长大，他也希望自己有帮忙分担的能力，哪怕这力量只有一分一毫。"一分一毫"与"老来不中用"对许三观来说，不是数量的多寡，而是为家庭持续付出的"有"或"无"。许三观把它看得太重了，而抱持这种观点的又不独是许三观，这世间总有一群人，他们在清楚血脉亲情终究情真意切的基础上，依然在做着"不要老来不中用"的努力。

小镇上的大街小巷、热腾腾的面条、一盘炒猪肝、二两黄酒，《许三观卖血记》中涉及的小城，实际上就是当年海盐这座县城的投射，朴素生活的感觉总是相差无几的。在我的家乡海盐，尤其是农村，以20世纪五六十年代出生的这批人来看，他们现在差不多到了60岁的退休年龄，也就是到了与小说结尾许三观差不多岁数的年纪，他们中的大多数并不甘愿纯粹地安享晚年，他们会去做门卫，或者打其他的零工，不为赚钱多少，而是依然坚持不懈地践行着守护家庭的点滴责任。他们以各种形式维系着在这个社会生存乃至生活得更好的希望，他们有着茁壮的生存欲望，有时候为了亲人也可以无限温情，而对亲情的付出、对家庭的守护以及相信未来的美好愿望，也让他们能够更加坚韧不拔地承受住生活中的风霜雨雪。

从这点上来说，许三观和大多数海盐男人一样，是勤劳勇敢的、吃苦耐劳的、对家庭有责任有担当的，这种品质近乎"盐的气质"，洁白、朴实、日常，但于生活却极其重要。海盐人在提及"海盐"2个字的解释时，一方面会想到"海滨广斥，盐田相望"的历史沿革意味，另一方面也会自然而然地脱口而出"大气如海，淳朴似盐"的海盐精神。站在辛勤工作、担当责任的立场上衡量，许三观和大多数海盐男人一样，很有"淳朴似盐"的气质。

不知道你生活的城市是怎样的？如果你从20世纪下半叶的海盐县城走来，你大概曾与许三观并肩走在武原镇的大街小巷。而我出生于20世纪90年代，生活在21世纪的海盐县城，也仿佛总是在海滨路、朝阳路遇见与许三观一般品质的人，朴实、善良、坚韧地活着，一天又一天。

三、绮园三乐堂

一个优秀的作家不仅能创作出一个个好故事，也能够塑造出一个个典型人物。余华在《许三观卖血记》中塑造的主人公许三观，坚韧、善良、幽默，如今已是文学长廊里不朽的典型人物。

许三观有3个儿子，分别是许一乐、许二乐、许三乐。这些名字，很容易让海盐读者联想到绮园里的三乐堂。在海盐县城，有一座名叫"绮园"的园林，系清代海盐富商冯缵斋的私家花园，有"浙中园林数第一"之美誉。冯家世代经营酱园生意，乾隆二十五年（1760）在待莳庙（今望海街道）开设广盛酱园，后又于武原镇玄坛弄开设万通酱园。至冯缵斋一代，又于同治元年（1862）在上海南市集水街（今东门路）开设冯万通酱园。同治十年（1871），冯缵斋在整合其岳父黄燮清所赠拙宜园、砚园两园精华的基础上，又购置太湖石，叠山理水而成绮园，并建有三进住宅，宅名"三乐堂"。

如今的三乐堂匾额由著名古建筑园林艺术学家陈从周先生题写。绮园之于海盐人，几乎可说家喻户晓。余华在海盐住过的杨家弄、医院宿舍、虹桥新村等地，均在绮园附近。我也曾向余华确认过许三观3个儿子的名字，取名时是否受绮园三乐堂影响，得到的回答是"没有"。即便如此，从比较的角度而言，许一乐、许二乐、许三乐乃至整部《许三观卖血记》透露出的气质与绮园三乐堂的寓意有着奇妙的关联。

绮园三乐堂的命名，寓意取自《孟子·尽心上》。孟子曰："君子有三乐，而王天下不与存焉。父母俱存，兄弟无故，一乐也；仰不愧于天，俯不怍于人，二乐也；得天下英才而教育之，三乐也。"翻译过来大致就是，君子有3件值得快乐的事，与治理天下没有关系。父母健在，兄弟安好，这是第一件快乐的事；仰头不愧对于天，俯首不愧对于人，这是第二件快乐的事；得到天下的优秀人才而教育他们，这是第三件快乐的事。许三观当然没有"称王于天下""教育天下英才"的雄心抱负，俯仰之间无愧怍于天地和他人，这对他漫长的一生而言也是近乎高尚的道德标准了，唯有"父母俱存，兄弟无故"代表的重视家庭与亲情的理念在许三观的一生中得到了实实在在的践行，而他守护家庭的几乎全部努力就是——卖血。

在整部《许三观卖血记》中，许三观前后共卖了12次血。第一次卖血，一开始纯粹是为了检验身子骨结不结实，后来逐步发展为用这笔钱说服老丈人娶到了许玉兰。第二次是因为许一乐砸破了方铁匠儿子的头，家里经济困难，许三观只好拿卖血的钱来赔。第三次卖血换来的35元钱，给林芬芬买东西作为报答花了5元钱，剩下的30块打算花在自己和妻儿身上。第四次卖血前，许三观一家人已经喝了57天玉米粥，他用卖血钱请全家去胜利饭店吃了顿面条。第五次是因为许一乐下乡插队，中途返城回家时骨瘦如柴、脸色灰黄，许三观卖血换了钱让一乐买点好吃的补补身子。第六次主要是为了招待好二乐的生产队长，许三观用卖血钱换了一条香烟和一桌好菜。第七次到第十一次卖血都是为了救身患肺炎快病死的一乐，许三观分别在林浦、百里、松林、黄店、长宁5个地方卖血，那时的许三观已经快50岁了，他在寒冷的冬天里从家乡的县城出发，一路卖着血去上海，几乎拼上性命，就为了给一乐筹足看病的钱。第十二次卖血实际上并没有成功，年过60的许三观想再卖一次血，但是年轻的血头并未受理，并称许三观的血是只配往家具上刷的猪血，这一次许三观因为没有卖出血，哭了。

综观许三观的12次卖血经历，绝大部分是出于为家庭、为家人的朴素初衷，其中至少有7次是为了许一乐，而许一乐还是许玉兰和何小勇犯了"生活错误"所生的。尽管如此，尽管许三观指着许一乐说"如果你是我的亲生儿子，我最喜欢的就是你"，看上去似乎很有"可惜你不是我亲生儿子，只能到此为止了"的意思，但实际上许三观在养育一乐13年的过程中早已将之"视如己出"，在短暂的心里难受和郁闷之后，岁月积淀的亲情力量终究敌过了世俗成见，许三观与许一乐的父子情"掷地有声"。

喧嚣欲望下的受难与救赎

——试论余华小说《兄弟》

余华是先锋文学的优秀代表，崛起于20世纪80年代后期，因《十八岁出门远行》《现实一种》《一九八六年》等先锋小说在文坛引起热烈反响，90年代初随着先锋文学热潮的退去，逐渐转变写作姿态，先后于1991年、1992年、1995年创作出《在细雨中呼喊》《活着》《许三观卖血记》3部重磅长篇小说，稳固了文坛地位。1995年后，余华鲜有小说问世，却有大量读书、音乐随笔面世。10年后，余华以新颖的方式分别于2005年、2006年推出50万字的长篇小说《兄弟》上下两部，引来文坛一片喧哗。热度高涨的同时，也伴随着褒贬不一的争议。我试图从欲望、受难、救赎3个方面来窥探这部融合40年大历史的作品。

一、欲望：禁锢与放纵

"这是两个时代相遇以后出生的小说，前一个是'文革'

中的故事，那是一个精神狂热、本能压抑和命运惨烈的时代，相当于欧洲的中世纪；后一个是现在的故事，那是一个伦理颠覆、浮躁纵欲和众生万象的时代，更甚于今天的欧洲。一个西方人活400年才能经历这样两个天壤之别的时代，一个中国人只需40年就经历了。400年间的动荡万变浓缩在了40年之中，这是弥足珍贵的经历。连接这两个时代的纽带就是这兄弟两人，他们的生活在裂变中裂变，他们的悲喜在爆发中爆发，他们的命运和这两个时代一样的天翻地覆，最终他们必须恩怨交集地自食其果。"余华在《兄弟》后记中如是说。从这段形象而直白的话中，我们可以发现，余华所指的两个时代分别是20世纪六七十年代的"文革"时期，以及改革开放后逐渐打开的市场化时代。根据小说内容的呈现，《兄弟》上部对应的是"精神狂热、本能压抑和命运惨烈"的"文革"时期，而《兄弟》下部则对应"伦理颠覆、浮躁纵欲和众生万象"的改革开放后逐渐打开的市场化时代。

如何贴合这两个时代，并走近这两个时代里的众生相？余华的方式是"塑造人物"，他塑造了刘山峰、李兰、宋凡平、李光头、宋钢、林红等人物，通过他们的欲望和命运来折射出时代的模样。其中最典型的人物，当数李光头，这是一个可以永留在文学长廊里的鲜活人物。李光头8岁的时候就喜欢跟木头电线杆摩擦、跟长凳摩擦、跟桥栏摩擦，来获得他所说的舒服感，14岁的时候更是继承了他父亲刘山峰的恶习——躲在厕所里偷看女人的屁股，之后便在刘镇身败名裂了，尽管他之前在刘镇也没有什么好名声可言。但是，天生就有经商头脑的李光头很会赚便宜，马上开始明码标价兜售屁股的秘密——一碗三鲜面交换林红屁股的秘密，之后他便在那个饮食简陋的年代里骗吃到了56碗三鲜面，把自己从"面黄肌瘦"吃到"红光满面"。在性教育缺失的"文革"时期，10多岁的李光头也正逢青春荡漾的发育期，因为没有良好的教育和引导，他因公然在大众面前摩擦电线杆和偷窥女人屁股，沦为刘镇的笑话。当然，那时成人的环境也好不到哪里去，他们同样因为本能压抑而对林红的屁股充满幻想。本能欲望被禁锢的时代背景下，从小孩到大人都在以不道德方式找寻宣泄欲望的出口。偷窥不只是个人满足欲望所选择的途径，更成了刘镇男人们热烈讨论的大众话题，在李光头商业才华的引领下居然成为一时风气，这不能不说是欲望作为本能被压抑之后的一种反弹。

相对于精神狂热、本能压抑的"文革"时期，改革开放后逐渐打开的市场化时代，刘镇一方面迎来了发展的春风，一方面也陷入了精神失落、欲望泛滥的泥潭。李光头凭借着经商才华，从经营福利厂到成为刘镇的"破烂大王"，之后又通过倒卖日本垃圾西装大赚，成了刘镇富豪，可以说是春风得意。随后，李光头还在刘镇开起了豪华餐馆、商场、澡堂，搞起了房地产，甚至还买下了刘镇的火化场和墓地，成了GDP的绝对保证。李光头就这样乘着改革的东风从穷光蛋变成李总，从"刘镇的笑话"变成了"刘镇的神话"。

饱暖思淫欲，李光头紧接着就带领他的团队办起了"首届全国处美人大赛"，美其名曰选举全国处美人，是"为了弘扬祖国的传统文化，为了让今天的女性更加自爱，自爱后才有真正的自信，同时也为了今天的女性更健康和更卫生"。实际上李光头是"暗度陈仓"——满足个人的欲望。当然，大赛的10个男性评委、整个刘镇的男人们以及刘镇邻城邻县的男人们也都或多或少乐在其中。"首届全国处美人大赛"更像是一场视觉的盛宴、一次欲望的狂欢。余华用夸张戏谑的语言叙述道：

　　　　夕阳还没有西下的时候，我们刘镇已是万人空巷，所有的商店关门了，所有的工厂停工了，所有的机关下班了，所有的人都挤在大街的两旁，所有的梧桐树上都像是爬满了猴子似的爬满了人，所有的电线杆都有男人在跳钢管舞，爬上去滑下来，再爬上去再滑下来。街道两旁所有的房屋的窗口上挤满了人，所有的楼顶站满了人。医院里的医生护士也全跑出来了，他们说这次不出来饱一下眼福，下次的眼福就要千年等一回了。病人们也出来了，断腿的拄着拐杖，断手的吊着胳膊，正在输液的自己举着个瓶子，刚动了手术的也由亲友抬着架着，躺在板车里，坐在自行车后座上，都出来啦。

　　　　邻城邻县的蹬着自行车来，五六个小时蹬过来，看一眼处美人们再五六个小时蹬回去。我们这个只有三万人的刘镇这一天起码超过了十万人……

李光头用他无比辉煌的财富给自己的欲望找到了一个宣泄渠道，也给刘镇及其邻城邻县的男人们带来了一场千娇百媚婀娜多姿的审美盛宴。在余华的叙述中，这些男性更不只纯粹的视觉欣赏，以至于"三千个美女的屁股全被偷偷摸过了，无一漏网。有些男群众更是光着上身只穿短裤，他们嚷嚷着叫骂着后面的人别挤他们，自己的光身体就堂而皇之地在比基尼处美人的皮肉上蹭着擦着……"欲望在这场处美人大赛中已经穷形尽相、一览无余。

余华的语言向来以朴素、流畅、可读性强而闻名，《在细雨中呼喊》《活着》《许三观卖血记》都是能够让人一口气读到底的小说。余华认为："当一个作家没有力量的时候，他会寻求形式与技巧；当一个作家有力量了，他是顾不上这些的。"在这部《兄弟》中，余华的小说叙述让人感受到语言喷薄流泻的力量，不事修饰的语言如同暴露无遗的欲望。在20世纪八九十年代的中国，我们很难想象有如此规模的处美人大赛，即便是改革开放后，社会在审美及欲望表达方面也不至于开放到这种地步，若只是个别男性失态倒是存在可能，像一整个刘镇加上邻城邻县的男性都如此失态是不可能的。而文学毕竟不是纯粹的现实，有时候它可以通过制造现实变异后的荒诞感反过来凸显现实，因此也可以说这种荒诞并非沙地起楼的妄想。本能在"文革"时期受压抑，而在改革开放后逐渐得到释放，余华正是基于这一点现实基础，再以文学的语言加以处理，将李光头个体的欲望集聚为群体的狂欢。他的这种叙述并没有凌空高蹈而损害表达，反而更生动形象地彰显出欲望从受禁锢再到爆发的变化，其叙述的力量也正是欲望挣脱桎梏后狂欢表达的力量。这种狂欢式的表达，抛开犹豫，直白赤裸地印证了时代转型期的欲望真相。余华贴近李光头这个人物去写欲望的同时，也愈发贴近了那段转型期的历史。

二、受难：生与死

遭受苦难、灾难是余华小说中表达较为持久的主题。在他先锋时期的小说中，人物常常要遭受暴力乃至死亡。在早期的3部小说中，《在细雨中呼喊》中弟弟孙光明溺亡、王立强自杀，《活着》中富贵经历亲人接踵而至的死亡，《许三观卖血记》中的许三观为了生活更是承受了10余次卖血的辛苦。也因此，余华的小说中常常充满血与泪，在绝望之中孕育希望，直到明白"人是为了活着本身而活着，不是为了活着之外的任何事物活着"，受难之后的人要么死去，要么变成了坚韧的"承受不幸的方柱体"。

《兄弟》沿袭了受难的主题，无论是小说的素材、人物的命运还是叙述推进的方式，都在受难的阴影之下，那些大段大段的受难场景描写俯拾皆是。李兰在丈夫刘山峰因为偷看女人屁股溺死于厕所后带着儿子李光头生活，宋凡平在丧妻后带着儿子宋钢生活，两个家庭因为李兰和宋凡平的爱情而重组在一起。李兰承受着生活带来的种种艰难，不仅是作为单身母亲的艰难，她还要承受丈夫刘山峰因偷窥而溺死的耻辱，以及儿子李光头调皮捣蛋带来的各种非议，直至遇到近乎完美的宋凡平，两人重组家庭后，李兰有了坚实的依靠，连走路都能抬起头来了。可是幸福的岁月太短暂了，"文革"爆发后，李兰去上海看病，成分有问题、还在接受批判的宋凡平去城东的汽车站接，却被当作意欲逃跑，于是遭遇了红卫兵们的疯狂打击。宋凡平死了。李兰又一次失去了丈夫，同时还失去了本来失而复得的尊严与依靠，此后她身体越来越差，7年后病倒去世。善良、正直乃至完美的宋凡平最终被毁灭，这强化了他的悲剧感，正如鲁迅先生说的"悲剧就是把人生有价值的东西毁灭给人看"，善良的人被暴力攻击，深情的人被无情毁灭。

暴力、灾难的恐怖并不仅仅因个别人的惨烈遭遇而穷形尽相，孙伟一家的悲剧还在继续。孙伟因长发被粗暴的红袖章追赶，最后在被强行剃发的扭打中，孙伟颈部的动脉被理发推子给割断。孙伟母亲发疯后失踪。孙伟父亲在经历了残忍刑罚后选择了令人恐惧的自杀方式。扭曲的人性之恶被释放，残暴伤人乃至杀人，现实变得无序，生命成为纸片。

余华小说中的受难又不止于一个"文革"时期，苦难、悲凉几乎成了人生本来就有的深沉底色。李兰临终之际叮嘱宋钢和李光头："我的两个儿子，你们要好好照顾自己，你们是兄弟，你们要互相照顾……""宋钢，李光头是你弟弟，你要一辈子照顾他……宋钢，我不担心你，我担心李光头，这孩子要是能走正道，将来会有大出息；这孩子要是走上歪路，我担心他会坐牢……宋钢，你要替我看好李光头，别让他走上歪路；宋钢，你要答应我，不管李光头做了什么坏事，你都要照顾他。"宋钢答应了，而这也几乎成了他最终宿命的伏笔。

宋钢是卧轨自杀的，余华用平静、认真甚至带点唯美的语言叙述着宋钢自杀的细节，以至于对眼镜的放置都斟酌再三，他没有制造一种激烈的卧轨氛围，而是淡淡地叙述，仿佛就陪在宋钢身边，不阻拦，不激动。这是场孤绝必赴的灾难，宋钢因其善良优柔的性格，难以为自己找到出路。他曾答应李兰"只剩下最后一碗饭了，我会让给李光头吃；只剩下最后一件衣服了，我会让给李光头穿"。正是这种彻底的亲情承诺与伦理责任，使得他得知妻子林红与兄弟李光头的不正当关系后，难以开口向李光头讨伐，加之他优柔寡断的性格与日益严重的身体疾病，共同将他推向死亡的铁轨。一个是挚爱的妻子，一个是曾经相依为命的兄弟，以宋钢的善良，难以怪罪于谁，但事情已经发生，总要有人承担后果，于是善良以至于窝囊的宋钢把所有的罪恶与不合时宜都指向了自己，他用自我肉身的毁灭来寻求解脱。那只鸣叫的海鸟就是他自己，孤零零的，可怜至极，无限悲伤，却终因这场死亡告别重新获得了一种飞翔的自由。

宋钢死后，李光头从此阳痿，也从此每天背负着无尽的内疚与自责，受着精神折磨而生活。昔日受众人爱慕的清纯的林红在与李光头苟且导致丈夫宋钢自杀惨死之后，也沦为了发廊店店主。宋钢的受难与痛楚全部随死亡终结，而其存留的警示与印迹永远成为李光头、林红的十字架，难以卸下。

三、救赎：亲情与爱情

《兄弟》不只是为欲望而欲望、为受难而受难，在喧嚣的欲望和沉重的受难之下，小说人物李兰、李光头、宋钢、林红等也都在竭力对抗世俗眼光中的耻辱，并寻求内心的安慰。

李光头的父亲刘山峰因偷窥而溺毙于厕所，将耻辱留给了他的妻子与儿子。之后，李光头随母亲姓，李兰努力驱除这段耻辱所带来的负面影响，但是几乎没有什么实际作用。直到李兰与宋凡平结合，她才逐渐从过往的低头生活中走出来抬头生活，宋凡平的出现一定程度上也弥补了李光头在父爱上的缺失，这也是李兰的欣慰之处。

宋凡平在汽车站遭受暴力致死，只有苏妈在旁边说了一句："人可能都死了……"心想他们简直不是人，"人怎么会这样狠毒啊"。苏妈还借出了自家的板车。陶青不但把死了的宋凡平拉回了家，还对宋钢、李光头兄弟俩说："有什么事就到红旗巷来找我。"我们看到了小说中人物的惨烈命运，也因此才感觉到站出来帮宋凡平收尸的苏妈、陶青的善良，那是人性深处尚没有泯灭的悲悯之心。当恶行肆虐，善良之人身还是有滚烫之心，怯懦让众人选择明哲保身，但那些滚烫的人性还是发出了微光，而他们的存在恰是对灾难中人性沉沦的救赎，也是良善未泯的证据之一种。

救赎也就意味着某种程度上要告别过去，锻造新我。宋钢本性善良，他对兄弟负责，答应李兰照顾好李光头，在李光头成为穷光蛋时还是暗中救济。但事实上，他一直过着贫贱的生活，做着辛苦的工作，以至于累坏了身体。在李光头抓住商机发家致富时，他依旧本分地赚着辛苦钱。于是，他出走，跟着骗子周游下海赚钱，他想锻造一个新我。他的这种选择是出于对自己无能的救赎，他爱林红却难以创造优渥的生活条件给他爱的人，他自觉负疚，却跌得更惨，身体每况愈下。他最后的卧轨自杀是为了缓解伦理矛盾的挣扎，也是对无能现实的彻底放弃，他用最后的死亡换得灵魂的自赎。

"李光头，你以前对我说过：就是天翻地覆慨而慷了，我们还是兄弟；现在我要对你说：就是生离死别了，我们还是兄弟。"这是宋钢遗书中的最后一句话，是写给李光头的。他到死都没有责怪李光头，到死都把李光头当作兄弟。也正是这种超越世俗常规判断的巨大宽容，让李光头彻底无颜以对。李光头放纵自己的欲望，与他兄弟宋钢的妻子林红通奸，这种僭越道德的乱伦产生的罪恶感，最终反而由宋钢以死亡的方式来承担。现实让李光头痛彻心扉、自责不已的同时，也抹杀了他赎罪的机会，他将一辈子亏欠宋钢。因愧疚驱使，李光头之后放弃林红，告别了这个他一生所爱的女人，他还苦学俄语发誓要带上宋钢的骨灰去遨游太空。"他说要把宋钢的骨灰盒放在太空的轨道上，放在每天可以看见十六次日出和十六次日落的太空轨道上，宋钢就会永远遨游在月亮和星星之间了。"即便有赎不完的罪过，李光头依然尝试这种很有他个人风格的赎罪方式，听上去盛大而庄重，他跟宋钢的兄弟情义没有因为生死之遥而被隔断，但无论如何他那不安的良心都只可能得到暂时缓解，而无法彻底解脱。这份救赎也注定像月亮和星星一样孤寂、苍凉、深重。

　　林红对宋钢之死的震撼与自责也是一种背叛之后的救赎，她几乎流干了所有的眼泪，在宋钢的遗体被推进火化炉的时候，在心里默默地对化成灰烬的宋钢说："无论我做过什么，我一生爱过的人只有你一个。"肉体背叛了丈夫，血淋淋的现实让她痛彻心扉，仿佛这句表达忠诚的话语能够为宋钢的亡魂带来一点安慰，可惜宋钢终究已成灰。这是林红为救赎自身的罪恶所做的努力，她的良心受谴责与悲痛欲绝，再一次验证了人性承受罪过与苦难的韧性，同时也在为遭受背叛之后的人性复归寻觅一丝丝的可能。

　　李兰也好，李光头也好，宋钢也好，都曾受难并企图自我救赎，或者救赎彼此，曾经密切相关、休戚与共，也会生死相隔、兄弟疏离，但就是在这样的受难与救赎的反复中，他们写下了个体命运的悲欢，凝视了人性罪恶的深渊，并成为两个时代的一种注脚。

四、结尾

　　《兄弟》是一部遭受巨大争议的小说，原因有很多。或许有人认为，曾写出《在细雨中呼喊》《活着》《许三观卖血记》的余华被人们寄予了厚望，"十年磨一剑"，不应该是《兄弟》的水准。也有人认为，《兄弟》分上、下两部出版，受商业出版驱动的创作一定程度上损害了作品的质量。还有人认为《兄弟》狂欢叙事下的语言太糟糕，内容也太露骨，相较于纯文学，好像更像一部通俗小说。"一千个读者就有一千个哈姆雷特。"同样，一千个读者就有一千个李光头、宋钢、宋凡平、李兰、林红。一部作品饱受争议反而证明了作品本身的生命活性。我以为，内容涉及暴力、性欲并非就是低俗、媚俗，就是为了迎合市场，小说的语言应该放到小说的内容中去谈论，放到小说中的人物身上去讨论。余华用一对兄弟的故事，串联起了两个时代，他一反常态的夸张的狂欢叙事，对应的正好是时代巨变下人性的紊乱与失常。这也是《兄弟》迥异于此前三部长篇小说的地方，余华对历史的部分不再只是触及式地淡化描写，而是采取正面强攻的方式，叙述其人物在两个时代中的命运悲欢。欲望的禁锢与暴力的泛滥是"文革"时期的现实，物质丰裕后欲望的浮躁释放是改革开放后逐渐打开的市场化时代的现实，余华这是基于这样的历史背景，以文学的方式，或狂暴以示人，或放纵以尽欲，或荒诞以强化，或铺叙以细化，从而创作出《兄弟》这样一部极具时代色彩的作品。以此来看，这也是余华对过去自己所取得的小说成就的再一次开拓，抛开种种褒贬，至少是他个人小说创作的一次进步。

死亡叙述，现实一种

——试论《第七天》的寒凉与悲悯

　　《死亡叙述》是余华1986年11月创作的短篇小说，小说中的卡车司机10多年前在盘山公路上将一个小男孩撞到水库里去了，事故后逃逸，小男孩临死时喊"爸爸"的呼救声却留在了司机的记忆中。10多年后，这个司机又在驾车途中撞到了一个小女孩，这回他良心发现，没有逃跑，赶紧抱起小女孩，并向人反复询问医院在什么地方，在明白乡村里似乎没有医院的同时，他被人打了一拳，然后一个十来岁的男孩将镰刀砍进了他腹部，一个女人挥着锄头将他的肩胛骨砍成了两半，还有一个大汉将铁搭砍入他的胸膛。司机的血往四周爬去。司机死了。在这篇小说中，司机第一次肇事后逃之夭夭反而无事，第二次肇事后想着"亡羊补牢"，可现实再也不给他机会了，当场宣判并对他执行了"死刑"，命运的不确定性和残酷性在这里展露无遗。《现实一种》是余华1987年9月29日写完的中篇小说，较之于《死亡叙述》，这篇小说更是充满了环环相扣的报复性杀戮，山岗4岁的儿子皮皮无意中摔死了堂弟，堂弟的父亲山峰一怒之下踢死了皮皮，山岗再将山峰绑在树上并让一只狗舔他脚底直到他狂笑至死，一个月以后山岗因杀人罪被枪毙，他的尸体又被山峰之妻冒认并捐献，最终被来自骨科、皮肤科、口腔科、胸外科、泌尿科的医生们解剖。余华在这部小说中也仿佛是最终出场的医生，写下的文字如锋利闪光的手术刀，以零度般的冷静一刀一刀割开了被报复之怒遮蔽心智的残酷真相。《现实一种》里的暗黑人性，凛冽如寒光。

　　如果说20世纪80年代的余华还在以先锋叙述的方式来隐喻世界的荒诞和现实的冷酷，那么步入90年代之后的余华则是以更写实、更直接的方式去面对人类社会的种种悲苦，描写残酷童年视角下成人世界之崩溃的《在细雨中呼喊》、历经亲人生离死别考验的《活着》、苦难中透着温情的《许三观卖血记》、以"正面强攻"方式呈现两个年代悲欢的《兄弟》，莫不如此。2013年6月，余华推出了长篇小说《第七天》，这部腰封上写着"比《活着》更绝望，比《兄弟》更荒诞"的小说是余华"距离现实最近的一次写作"，讲述了主人公杨飞死后在生与死的边境线上来回游荡的七天之行，"用一个死者世界的角度来描写现实世界"，这其中不乏"死亡叙述"，又何尝不是"现实一种"。

　　在《第七天》中，余华一如既往地聚焦底层，写下了一个个普通人遭逢死亡的故事：主人公杨飞死于谭家菜饭馆的一场火灾，与之一同逝去的还有谭家菜老板一家人，杨飞的前妻李青因卷入腐败案选择割腕自杀，杨飞的父亲杨金彪身患绝症而死，李月珍、肖庆死于车祸，郑小敏的父母死于暴力拆迁，鼠妹刘梅因男友伍超给她买了山寨苹果手机负气坠楼身亡，伍超为筹钱给刘梅买墓地而死于卖肾，张刚被砍死，李姓男子被执行死刑，27个婴儿莫名死亡，大型商场起火导致数十人死亡，男子因被误判杀妻而遭枪决……各种各样的死亡层出不穷，接踵而至，带有荒诞不经的意味，又实实在在让人绝望。

绝望又不止于死亡。譬如，生前存在的贫富差距，在殡仪馆的候烧大厅依然存在。普通人取候烧号是A字打头的，贵宾的候烧号是V字打头的；待遇自然也是不一样的，普通人坐的是塑料椅子，贵宾可以坐沙发。余华对此还展开了更为细致的叙述：

    塑料椅子这边的候烧者在低声交谈，贵宾区域那边的六个候烧者也在交谈。贵宾区域那边的声音十分响亮，仿佛是舞台上的歌唱者，我们这边的交谈只是舞台下乐池里的伴奏。

    贵宾区域里谈论的话题是寿衣和骨灰盒，他们身穿的都是工艺极致的蚕丝寿衣。上面手工绣上鲜艳的图案，他们轻描淡写地说着自己寿衣的价格，六个候烧贵宾的寿衣都在两万元以上。我看过去，他们的穿着像是宫廷里的人物。然后他们谈论起各自的骨灰盒，材质都是大叶紫檀，上面雕刻了精美的图案，价格都在六万元以上。他们六个骨灰盒的名字也是富丽堂皇：檀香宫殿、仙鹤宫、龙宫、凤宫、麒麟宫、檀香西陵。

我们这边也在谈论寿衣和骨灰盒。塑料椅子这里说出来的都是人造丝加上一些天然棉花的寿衣，价格在一千元上下。骨灰盒的材质不是柏木就是细木，上面没有雕刻，最贵的八百元，最便宜的两百元。这边骨灰盒的名字却是另外一种风格：落叶归根、流芳千古。

在候烧大厅里，普通人连死亡都仿佛只是一场"伴奏"，其寿衣和骨灰盒与贵宾也有着明显的区别。墓地的区别当然就更大了，在小说接下来的叙述中，贵宾的墓地在一亩地以上，不是面朝大海、云雾缭绕的山顶海景豪墓，也起码在树林茂密、溪水流淌、鸟儿啼鸣的山坳，普通人死后的墓就占一平方米。余华在《我只知道人是什么》杂文集中谈到，候烧大厅的灵感来自候机楼和候车室，取号的方式则取自在银行办事的经验。《第七天》中的死者世界就是现实的折射，死亡有时更像是"现实一种"，如余华所言："我是把现实世界作为倒影来写的，其实重点不在现实世界，是在死亡的世界。"

《第七天》有《死亡叙述》中的残酷性命运，也有《现实一种》中的报复性杀戮，一方面它被人诟病为"社会新闻事件的拼贴"，另一方面也正因为小说涉及的故事大多取材改编于社会新闻事件，其残酷和绝望较之于《死亡叙述》和《现实一种》更甚。《死亡叙述》《现实一种》的叙述方式和人物塑造打破的是常规阅读经验，故事本身只是作家先锋叙事的"外衣"，作家本意是要呈现命运的荒诞，揭露人性的黑暗面。《第七天》对现实世界的叙述并不先锋，其直面现实的姿态才显得更加冷酷，在冷酷之下还能捕捉到的现世温情才显示其温度，那些生前厮杀、死后和解的场面于是分外难得，那些在现实世界分离、在"死无葬身之地"重逢的灵魂于是稍感安慰。

小说中，铁路扳道工杨金彪在铁轨旁救起初生的婴儿，并为之取名杨飞，虽有机会选择恋爱婚配，却最终因顾念养子杨飞而放弃。杨金彪的善是从骨子里透露出来的——意外见到弃婴，他收养下来；杨飞的生母出现时，他取出全部积蓄给杨飞买了体面的西装，并放杨飞回家；想起曾经有一次因为个人婚配问题差点放弃杨飞，他内疚了一辈子；自己患了淋巴癌，为了减轻杨飞负担选择不辞而别。杨飞虽非杨金彪亲生，却也珍重这份养育之情。活着的时候，杨金彪在差点放弃杨飞后又把他寻回，杨飞在父亲不辞而别后也去寻他；死了以后，杨金彪的亡魂又回来寻找杨飞并在他的店铺对面站了很多天，杨飞的亡魂也一直在寻找父亲杨金彪。生前死后，父子俩都在相互寻找，杨飞觉得和养父杨金彪在一起，"生活虽然清贫，但是温暖美好"，杨金彪直到生命的最后时刻都"认为自己一生里做得最好的一件事就是收养了一个名叫杨飞的儿子"。《第七天》的基调就像小说开篇时弥漫的浓雾，就像生与死边境线上的雨雪，冰凉、暗淡、压抑，杨金彪和杨飞的父子情是其中唯一没有互相伤害的温情所在，也给整部小说透进一丝光亮。

在《第七天》中，余华还比较少见地触及了职场爱情，即杨飞和李青的故事。杨飞和李青在同一家公司工作，不同的是，杨飞是职场默默无闻的小员工，李青是职场明星，因为有着"引人注目的美丽和聪明"，所以背后有一批爱慕者、追求者。但李青没有选择职场所谓成功的油腻男，更不屑花式求爱的套路男，反而选择了善良、忠诚、可靠的杨飞。起初这样的爱情也是平静美好的，但后来随着看似有着雄心抱负、志同道合的海归男的介入，杨飞和李青的婚姻分崩离析。这段爱情，如果纯粹写到这为止，那就真的落入三流都市职场爱情小说的套路了，但余华有着不一样的处理，曾经沧海以后，他让死后的杨飞和死后的李青重逢了一次。与在人间不同，重逢之初，在余华的笔下，杨飞只是像杨飞，李青只是像李青，两人的声音都变了，这是亡灵的声音，而非生者的声音。李青还是穿着睡袍，睡袍还滴着水珠，因为她是在浴缸里穿着睡袍割腕自杀的。杨飞也变了容貌，他的左眼在颧骨那里，鼻子在鼻子的旁边，下巴在下巴的下面。李青伸过双手，小心翼翼地把杨飞掉在外面的眼珠放回眼眶，又把他横在旁边的鼻子移到原来的位置，还把他挂在下面的下巴咔嚓一声推了上去。两人的对话和动作满怀柔情，忧伤地看着对方的时候就像是"同时在悼念对方"。李青告诉杨飞："我结婚两次，丈夫只有一个，就是你。"这让我联想到《兄弟》中林红对化为灰烬的宋钢默默说的那句话："无论我做过什么，我一生爱过的人只有你一个。"既充满了自我救赎的气息，也夹杂着浓烈的曾经沧海的意味。李青与杨飞，在互诉衷肠后，又做了一回夫妻。惊喜的是，余华的叙述并不沉溺于两人的重逢，而是更向前开拓了一步，他在告别时刻让李青对杨飞说了一句话："我要走了，几个朋友为我筹备了盛大的葬礼，我要马上赶回去。"到这里，读者才终于明白，李青与杨飞即便重逢也没有消弭两者之间的差距，盛大的葬礼后，李青的待遇就如贵宾，大概会被葬在壮观的高山之上、云海之下；而杨飞无人送别，他只能前往"死无葬身之地"。这是余华的高明之处。难道杨飞和李青这段重逢没有必要吗？不是的。李青重逢李飞，然后离开，来之前和去之后，已经产生了不一样的效果。死后重逢的这段描写一定程度上升华了杨飞和李青的爱情，虽然这份爱情从一开始就不对等，但是重逢让他们诉尽了无奈和挂念，也验证了这段感情有互相真挚的成分存在，而即便真挚也还是要分离，这是悲剧的真实，也反证了真挚的可贵。

除此之外，警察张刚因为审讯时踢坏了李姓男子的下身，李姓男子在3年抗议无果后冲动地砍死了张刚。生前两人怒目相对，怀抱深仇大恨。死后，两人反倒尽释前嫌，像一对老友一样下起了象棋。跳楼自杀的鼠妹因巨大的冲撞力牛仔裤都崩裂了，一副惨相可想而知，而在死后，与她一样平凡普通的人们给她净身，27个婴儿列成一队如夜莺般歌唱起来，鼠妹随之加入并成了领唱。因厨房爆炸失火葬身其中的谭家鑫一家把餐馆开到了死者世界，似乎还如往常一般生活……这个死者世界，"水在流淌，青草遍地，树木茂盛，树枝上结满有核的果子，树叶都是心脏的模样，它们抖动时也是心脏跳动的节奏"。余华说："……我写下了一个美好的死者世界。这个世界不是乌托邦，不是世外桃源，但是十分美好。"

作家不一定非要创造一个乌托邦、世外桃源之类的"美丽新世界"，或者画出指引通往"美丽新世界"的地图。在海量的新闻事件面前，人类有时候是健忘的，爆炸性新闻的热度热不过3天，3天后人类的关注与热情又投入更新的新闻中去了，而作家有时候以文学形式将某一段时期的社会现象作为"现实一种"记录下来，则延续了对社会现象再阅读或再反思的可能。当然，《第七天》的意义远不止于此，杨飞、杨金彪不过是如福贵、许三观、宋凡平一样的普通人，甚至更多游荡的灵魂在《第七天》塑造的死者世界里都未拥有姓名，在层出不穷、残酷绝望的死亡叙述里，有"现实一种"，也有作者的悲悯之情，这悲悯近乎鲁迅先生说的"无穷的远方，

死亡叙述，现实一种

181

无数的人们，都和我有关"。至于那个"树叶会向你招手，石头会向你微笑，河水会向你问候""没有贫贱也没有富贵，没有悲伤也没有疼痛，没有仇也没有恨……人人死而平等"的"死无葬身之地"，看上去是普通人死后的避难所，实际上更像是一句诘问——现实世界到底怎么了？

余华简介和作品出版目录[①]

余华简介

1960年4月出生，浙江海盐人。1983年开始写作，至今已经出版长篇小说5部，中短篇小说集6部，随笔集6部，主要作品有《兄弟》《活着》《许三观卖血记》《在细雨中呼喊》《第七天》等。其作品被翻译成40多种语言，在美国、英国、澳大利亚、新西兰、法国、德国、意大利、西班牙、葡萄牙、荷兰、瑞典、挪威、丹麦、芬兰、希腊、俄罗斯、保加利亚、匈牙利、捷克、斯洛伐克、塞尔维亚、波斯尼亚和黑塞哥维那、斯洛文尼亚、波兰、罗马尼亚、阿尔巴尼亚、格鲁吉亚、土耳其、巴西、以色列、埃及、科威特、沙特、乌兹别克斯坦、蒙古国、日本、韩国、越南、缅甸、泰国、印度尼西亚、印度、斯里兰卡等40多个国家和地区出版。2013年至2015年应邀为《纽约时报》专栏作家。曾获中华图书特殊贡献奖（2005年）、第十二届华语文学传媒大奖年度作家（2013年）、

---

① 该简介和作品出版目录由余华本人提供。

第二届中国版权金奖（2018年）、意大利格林扎纳·卡佛文学奖（1998年）、法国文学和艺术骑士勋章（2004年）、法国国际信使外国小说奖（2008年）、意大利朱塞佩·阿切尔比国际文学奖（2014年）、葡萄牙文学翻译作品大奖（2018年）、塞尔维亚伊沃·安德里奇文学奖（2018年）、意大利波特利·拉特斯·格林扎纳文学奖（2018年）等。《兄弟》被瑞士《时报》（*Le Temps*）评为2000年至2010年世界最重要的15部小说之一，《十个词汇里的中国》被英国《前景》杂志（*Prospect*）评为2012年度最佳图书。

余华作品出版目录

中文简体字作品出版目录

◆长篇小说

《在细雨中呼喊》　花城出版社1993年，南海出版公司1999年，上海文艺出版社2004年，作家出版社2008年，北京十月文艺出版社2018年

《活着》　长江文艺出版社1993年，南海出版公司1998年，上海文艺出版社2004年，作家出版社2008年，北京十月文艺出版社2017年

《许三观卖血记》　江苏文艺出版社1996年，南海出版公司1999年，上海文艺出版社2004年，作家出版社2008年，北京十月文艺出版社2017年

《兄弟》 上海文艺出版社2005年（上部），上海文艺出版社2006年（下部），作家出版社2008年，北京十月文艺出版社2018年

《第七天》 新星出版社2013年

◆小说集

《十八岁出门远行》 作家出版社1990年

《偶然事件》 花城出版社1991年

《河边的错误》 长江文艺出版社1992年，时代文艺出版社2018年

《余华作品集》（三卷） 中国社会科学出版社1995年

《中国当代作家选集丛书——余华卷》 人民文学出版社2001年

《当代中国小说名家珍藏版——余华卷》 文化艺术出版社2001年

《现实一种：余华中短篇小说集》（上、下册） 青海人民出版社2002年

《我没有自己的名字》 云南人民出版社2002年，人民文学出版社2017年

《朋友》 江苏文艺出版社2003年

《古典爱情》 人民文学出版社2006年

《余华精选集》 北京燕山文艺出版社2006年

《黄昏里的男孩》 新世界出版社1999年，上海文艺出版

社2004年，作家出版社2008年

《我胆小如鼠》 新世界出版社1999年，上海文艺出版社2004年，作家出版社2008年，上海文艺出版社2017年

《世事如烟》 新世界出版社1999年，上海文艺出版社2004年，作家出版社2008年

《鲜血梅花》 新世界出版社1999年，上海文艺出版社2004年，作家出版社2008年

《现实一种》 新世界出版社1999年，上海文艺出版社2004年，作家出版社2008年

《战栗》 新世界出版社1999年，上海文艺出版社2004年，作家出版社2008年

《四月三日事件》 人民文学出版社2018年

◆随笔集

《我能否相信自己》 人民日报出版社1999年，明天出版社2007年

《内心之死》 华艺出版社2000年

《高潮》 华艺出版社2000年

《灵魂饭》 南海出版公司2002年

《说话》 春风文艺出版社2002年

《间奏——余华的音乐笔记》 江苏文艺出版社2009年

《温暖和百感交集的旅程》 上海文艺出版社2004年，作家出版社2008年

《音乐影响了我的写作》 上海文艺出版社2004年，作家出版社2008年

《没有一条道路是重复的》 上海文艺出版社2004年，作家出版社2008年

《我们生活在巨大的差距里》 北京十月文艺出版社2014年

《文学或者音乐》 译林出版社2017年

《我只知道人是什么》 译林出版社2018年

中文繁体字作品出版目录

◆ 长篇小说

《活着》 香港博益出版公司1994年，台湾麦田出版公司1994年

《许三观卖血记》 香港博益出版公司1996年，台湾麦田出版公司1997年

《呼喊与细雨》 台湾远流出版公司1992年，台湾麦田出版公司2003年

《兄弟》（上部） 台湾麦田出版公司2005年

《兄弟》（下部） 台湾麦田出版公司2006年

《第七天》 台湾麦田出版公司2013年

◆ 小说集

《战栗》 香港博益出版公司1995年

《2000年文库——余华卷》 香港明报出版公司1999年

《十八岁出门远行》 台湾远流出版公司1990年

《世事如烟》 台湾远流出版公司1991年

《夏季台风》 台湾远流出版公司1993年

《黄昏里的男孩》 台湾麦田出版公司2003年

《我胆小如鼠》 台湾麦田出版公司2003年

《世事如烟》 台湾麦田出版公司2003年

《现实一种》 台湾麦田出版公司2006年

《鲜血梅花》 台湾麦田出版公司2006年

《战栗》 台湾麦田出版公司2006年

◆随笔集

《我能否相信自己》 台湾远流出版公司2002年

《灵魂饭》 台湾远流出版公司2002年

《没有一条道路是重复的》 台湾远流出版公司2003年

《十个词汇里的中国》 台湾麦田出版公司2011年

《录像带电影》 台湾麦田出版公司2012年

《我只知道人是什么》 台湾麦田出版公司2018年

中国少数民族语言作品出版目录

◆维吾尔文

《活着》 新疆人民出版社2012年，喀什维吾尔文出版社2013年

《第七天》 新疆人民出版社2014年

《在细雨中呼喊》 新疆人民出版社2015年

《我没有自己的名字》 新疆文化出版社2017年

◆哈萨克文

《活着》 新疆人民出版社2013年，伊犁人民出版社2013年

◆彝文

《活着》 四川民族出版社2015年

◆景颇文

《活着》 德宏民族出版社2014年

◆朝鲜文

《许三观卖血记》 延边人民出版社2013年

盲文作品出版目录

《在细雨中呼喊》 中国盲文出版社2014年

《活着》 中国盲文出版社2015年

其他语言作品出版目录

◆英文

《往事与刑罚》 美国夏威夷大学出版公司1996年

《活着》 美国Anchor Books 2003年，美国Tantor（Audio）2017年

《许三观卖血记》 美国Pantheon Books 2003年，美国Anchor Books 2004年

《在细雨中呼喊》 美国Anchor Books 2007年

《兄弟》 美国Pantheon Books 2009年，美国Recorded Books LLC（Audio）2009年，英国Picador出版公司2009年，英国Picador Paperback 2009年，中国香港Picador Asia 2009年，美国Anchor Books 2010年

《十个词汇里的中国》 美国Pantheon Books 2011年， 美国Anchor Books 2012年，美国Gildan Media（Audio）2012年，英国Duckworth出版公司2012年

《黄昏里的男孩》 美国Pantheon Books 2014年，美国Anchor Books 2014年

《第七天》 美国Pantheon Books 2015年，澳大利亚Text出版公司2015年，新西兰Text出版公司2015年，美国Anchor Books 2016年

《四月三日事件》 美国Pantheon Books 2018年，美国Penguin Random House Audio 2018年，美国Anchor Books 2019年

◆法文

《活着》 法国Hachette出版公司1994年，法国Babel 2008年

《世事如烟》 法国Philippe Picquier出版公司1994年

《许三观卖血记》 法国Actes Sud出版公司1997年，法国Babel 2004年

《古典爱情》 法国Actes Sud出版公司2000年，法国Babel 2005年

《在细雨中呼喊》 法国Actes Sud出版公司2003年

《一九八六年》 法国Actes Sud出版公司2006年

《兄弟》 法国Actes Sud出版公司2008年，法国Babel 2010年

《十八岁出门远行》 法国Actes Sud出版公司2009年

《十个词汇里的中国》 法国Actes Sud出版公司2010年，法国Babel 2013年

《第七天》 法国Actes Sud出版公司2014年，法国Babel 2018年

《一个地主的死》 法国Actes Sud出版公司2018年

◆德文

《活着》 德国Klett-Cotta出版公司1998年，德国Btb出版公司2008年

《许三观卖血记》 德国Klett-Cotta出版公司1999年，德国Btb出版公司2004年

《兄弟》 德国S.Fischer出版公司2009年，德国Fischer Paperback 2012年

《十个词汇里的中国》 德国S.Fischer出版公司2012年

《第七天》 德国S.Fischer出版公司2017年

《在细雨中呼喊》德国S.Fischer出版公司2018年

◆意大利文

《折磨》 意大利Einaudi出版公司1997年

《活着》 意大利Donzelli出版公司1997年，意大利Feltrinelli出版公司2008年

《在细雨中呼喊》 意大利Donzelli出版公司1998年，意大利Feltrinelli 出版公司2019年

《许三观卖血记》 意大利Einaudi出版公司1999年，意大利Feltrinelli出版公司2018年

《世事如烟》 意大利Einaudi出版公司2004年

《兄弟》上部 意大利Feltrinelli出版公司2008年

《兄弟》下部 意大利Feltrinelli出版公司2009年

《爱情和死亡的故事》 意大利Hoepli（Audio）出版公司2010年

《十个词汇里的中国》 意大利Feltrinelli出版公司2012年，意大利Feltrinelli出版公司2015年

《兄弟》(合集) 意大利Feltrinelli出版公司2017年

《第七天》 意大利Feltrinelli出版公司2017年，意大利Feltrinelli出版公司2019年

《纽约时报专栏文章集》 意大利Feltrinelli出版公司2018年

《黄昏里的男孩》 意大利Feltrinelli出版公司2019年

◆西班牙文

《兄弟》 西班牙Seix Barral出版公司2009年

《活着》 西班牙Seix Barral出版公司2010年，西班牙
Austral出版公司2012年

《十个词汇里的中国》 西班牙Alba出版公司2012年

《许三观卖血记》 西班牙Seix Barral出版公司2014年

《在细雨中呼喊》 西班牙Seix Barral出版公司2016年

《往事与刑罚》 西班牙Seix Barral出版公司2019年

◆加泰罗尼亚文

《往事与刑罚》 西班牙Males Herbes Publishing House
2013年

◆葡萄牙文

《活着》 巴西Companhiadas Letras出版公司2008年，葡
萄牙Relogio D'agua出版公司2018年

《许三观卖血记》 巴西Companhiadas Letras出版公司
2011年，葡萄牙Relogio D'agua出版公司2017年

《兄弟》 巴西Companhiadas Letras出版公司2010年

《十个词汇里的中国》 葡萄牙Relogio D'agua出版公司
2018年

◆荷兰文

《活着》 荷兰De Geus出版公司1994年

《许三观卖血记》 荷兰De Geus出版公司2004年

《兄弟》 荷兰De Geus出版公司2013年

《第七天》 荷兰De Geus出版公司2016年

《空中爆炸——短篇小说集》 荷兰De Geus出版公司2018年

◆瑞典文

《活着》 瑞典Ruin出版公司2006年

《许三观卖血记》 瑞典Ruin出版公司2007年

《十个词汇里的中国》 瑞典Natur & Kultur出版公司2012年

《兄弟》 瑞典Bokfrlaget Wanzhi出版公司2016年

《在细雨中呼喊》 瑞典Bokfrlaget Wanzhi出版公司2017年

《第七天》 瑞典Bokfrlaget Wanzhi出版公司2017年

◆挪威文

《往事与刑罚》 挪威Tiden Norsk Forlag出版公司2003年

《兄弟》 挪威Aschehoug出版公司2012年

《第七天》 挪威Aschehoug出版公司2016年

◆丹麦文

《活着》 丹麦Klim出版公司2015年

《许三观卖血记》 丹麦Klim出版公司2016年

《第七天》 丹麦Klim出版公司2017年，丹麦Klim出版公司2019年

《现实一种》 丹麦Korridor出版公司2018年

《十个词汇里的中国》 丹麦Klim出版公司2019年

◆芬兰文

《活着》 芬兰Aula & Co.出版公司2016年

《许三观卖血记》 芬兰Aula & Co.出版公司2017年

《十个词汇里的中国》 芬兰Aula & Co.出版公司2019年

◆俄文

《十个词汇里的中国》 俄罗斯Ast出版公司2012年

《活着》 俄罗斯Text出版公司2014年

《兄弟》 俄罗斯Text出版公司2015年

《许三观卖血记》 俄罗斯Text出版公司2016年

◆罗马尼亚文

《活着》 罗马尼亚Humanitas出版公司2016年

《许三观卖血记》 罗马尼亚Humanitas出版公司2017年

《十个词汇里的中国》 罗马尼亚Humanitas出版公司2018年

《纽约时报专栏文章集》 罗马尼亚Humanitas出版公司2019年

《第七天》 罗马尼亚Humanitas出版公司2019年

◆保加利亚文

《活着》 保加利亚Janet-45出版公司2018年

《十个词汇里的中国》 保加利亚Janet-45出版公司2019年

◆波兰文

《十个词汇里的中国》 波兰Diaolog出版公司2013年

《活着》 波兰Diaolog出版公司2018年

《许三观卖血记》 波兰Diaolog出版公司2018年

《在细雨中呼喊》 波兰Diaolog出版公司2019年

《我没有自己的名字》 波兰Diaolog出版公司2019年

《纽约时报专栏文章集》 波兰Diaolog出版公司2019年

《兄弟》 波兰Diaolog出版公司

《第七天》 波兰Diaolog出版公司

◆阿尔巴尼亚文

《活着》 阿尔巴尼亚Onufri出版公司2018年

◆捷克文

《许三观卖血记》 捷克Dokoran出版公司2007年

《活着》 捷克Verzone S.R.O.出版公司2014年

《第七天》 捷克Verzone S.R.O.出版公司2016年

《兄弟》 捷克Verzone S.R.O.出版公司2018年

◆斯洛伐克文

《兄弟》（上部） 斯洛伐克Marencin PT出版公司2009年

《兄弟》（下部） 斯洛伐克Marencin PT出版公司2011年

《第七天》 斯洛伐克Marencin PT出版公司2016年

◆匈牙利文

《兄弟》 匈牙利Magveto出版公司2009年

《十个词汇里的中国》 匈牙利Magveto出版公司2018年

《活着》 匈牙利Helikon出版公司2019年

《第七天》 匈牙利Helikon出版公司2019年

◆塞尔维亚文

《活着》 塞尔维亚Geopoetika出版公司2009年

《许三观卖血记》 塞尔维亚Geopoetika出版公司2014年

《第七天》 塞尔维亚Geopoetika出版公司2017年

《活着》 波斯尼亚和黑塞哥维那AndricInstitute 2018年

《许三观卖血记》 波斯尼亚和黑塞哥维那AndricInstitute 2018年

《第七天》 波斯尼亚和黑塞哥维那AndricInstitute 2018年

《十个词汇里的中国》 塞尔维亚Geopoetika出版公司 2018年

《在细雨中呼喊》 塞尔维亚Albatros Plus出版公司2018年

《我没有自己的名字》 塞尔维亚 Geopoetika出版公司2019年

《纽约时报专栏文章集》 塞尔维亚Geopoetika出版公司 2019年

◆斯洛文尼亚文

《活着》 斯洛文尼亚M.K.Group 2017年

◆希腊文

《活着》 希腊Livani出版公司1994年

◆希伯来文

《许三观卖血记》 以色列Am Oved出版公司2007年

◆阿拉伯文

《活着》 科威特Ebdate Alimayia出版公司2015年

《第七天》 科威特Ebdate Alimayia出版公司2016年

《许三观卖血记》 埃及Atlas出版公司2016年

《余华短篇小说选（1）》 埃及Sefsafa出版公司2017年

《在细雨中呼喊》 埃及Atlas出版公司2018年

《余华短篇小说选（2）》 埃及Sefsafa出版公司2018年

《十个词汇里的中国》 埃及Nct出版公司2019年

◆波斯文

《十个词汇里的中国》 伊朗Markaz出版公司2016年

《活着》 伊朗Saless出版公司2018年

◆土耳其文

《第七天》 土耳其Alabanda出版公司2016年

《活着》 土耳其Jaguar Kitap出版公司2016年

《许三观卖血记》 土耳其Jaguar Kitap出版公司2018年

《在细雨中呼喊》 土耳其Canut出版公司2018年

《文学或者音乐》 土耳其Kirmizi Kedi出版公司2019年

◆乌兹别克文

《活着》 乌兹别克斯坦Akdemnashr出版公司2019年

◆格鲁吉亚文

《活着》 格鲁吉亚Intelekti出版公司2019年

◆日文

《活着》 日本角川书店2002年，日本中公文库2019年

《兄弟》 日本文艺春秋2008年，日本文春文库2010年

《十个词汇里的中国》 日本河出书房新社2012年，日本
河出文库2017年

《许三观卖血记》 日本河出书房新社2013年

《第七天》 日本河出书房新社2014年

《纽约时报专栏文章集》 日本河出书房新社2017年

《世事如烟》 日本岩波书店2017年

《在细雨中呼喊》 日本新经典书局2019年

◆韩文

《活着》 韩国绿林出版公司1997年

《许三观卖血记》 韩国绿林出版公司1999年

《世事如烟》 韩国绿林出版公司2000年

《我没有自己的名字》 韩国绿林出版公司2000年

《在细雨中呼喊》 韩国绿林出版公司2004年

《兄弟》 韩国人文出版公司2007年，韩国绿林出版公司
2017年

《灵魂饭》 韩国人文出版公司2008年

《战栗》 韩国文学村庄出版公司2009年

《夏季台风》 韩国文学村庄出版公司2010年

《1986年》 韩国文学村庄出版公司2010年

《十个词汇的中国》 韩国文学村庄出版公司2012年

《第七天》 韩国绿林出版公司2013年

《我们生活在巨大的差距里》 韩国文学村庄出版公司2016年

《我只知道人是什么》 韩国绿林出版公司2018年

《文学或者音乐》 韩国绿林出版公司2019年

◆ 越南文

《活着》 越南文学出版公司2002年，越南人民公安出版公司2011年

《古典爱情》 越南文学出版公司2005年，越南人民公安出版公司2011年

《兄弟》（上部） 越南人民公安出版公司2006年

《兄弟》（下部） 越南人民公安出版公司2006年

《许三观卖血记》 越南人民公安出版公司2006年

《在细雨中呼喊》 越南人民公安出版公司2008年

◆ 泰文

《活着》 泰国Nanmee Books出版公司2009年

《许三观卖血记》 泰国Nanmee Books出版公司2009年

《兄弟》 泰国Nanmee Books出版公司2009年

《十个词汇里的中国》 泰国Nanmee Books出版公司2011年

《第七天》 泰国Nanmee Books出版公司2014年

《在细雨中呼喊》 泰国Nanmee Books出版公司2014年

◆印度尼西亚文

《活着》 印度尼西亚PT Gramedia Pustaka Utama出版公司2015年

《许三观卖血记》 印度尼西亚PT Gramedia Pustaka Utama出版公司2017年

《兄弟》 印度尼西亚PT Gramedia Pustaka Utama出版公司2018年

《在细雨中呼喊》 印度尼西亚PT Gramedia Pustaka Utama出版公司2019年

《我没有自己的名字》 印度尼西亚PT Gramedia Pustaka Utama出版公司2020年

◆蒙古文

《十个词汇里的中国》 蒙古国Nepko出版公司2018年

《活着》 蒙古国Tagtaa出版公司2019年

◆缅甸文

《活着》 缅甸Kant Kaw Wut Yee出版公司2018年

《许三观卖血记》 缅甸Kant Kaw Wut Yee出版公司2019年

◆印度马拉雅拉姆文（Malayalam）

《活着》 印度D.C.Books出版公司2007年

◆印度泰米尔文（Tamil）

《许三观卖血记》 印度Sandhya出版公司2014年

◆印度印地文（Hindi）

《活着》 印度Vani Prakashan出版公司2018年

《我没有自己的名字》 印度Vani Prakashan出版公司2019年

后　记

　　我读余华不算早。2010年12月21日，我网购了作家余华的一批作品，其中有长篇小说《在细雨中呼喊》《许三观卖血记》，中短篇小说集《世事如烟》《战栗》《我胆小如鼠》《鲜血梅花》《现实一种》《黄昏里的男孩》，以及随笔集《温暖和百感交集的旅程》《音乐影响了我的写作》《没有一条道路是重复的》，收件地址是浙江省温州市瓯海区茶山高教园区温州大学学生公寓C区8号楼306室，至今我还保存着这张收件单。那年青春尚好，我20岁，正在读大二，专业是非师范的汉语言文学。

　　读余华，起初是因为同乡与校友的那份亲切。余华不仅是海盐人，在海盐度过了漫长的童年、少年与青年时期，也是我的母校海盐高级中学的杰出校友，时常出现在校长、老师的勉励讲话中。我是在温州的公交车上开始读余华作品的，大学时期常常利用业余时间坐一个小时公交车，从大学城赶往市区兼职做家教，去程是白天，一般大学城始发站乘客少，有多余位置可以坐，是可以看点书的，回来已是夜晚，车内灯光昏暗，连座位也很少有机会抢到，就看不了书，只能回想一下书中的情节。当年温州的路况并不平顺，加上司机师傅驾驶速度快，乘客很有摇摇晃晃的感觉。我读着余华的《十八岁出门远行》，对开篇的段落很有共鸣。余华是这么写的："柏油马路起伏不止，马路像是贴在海浪上。我走在这条山区公路上，我像一条船。这年我18岁，我下巴上那几根黄色的胡须迎风飘飘，那是第一批来这里定居的胡须，所以我格外珍重它们。"这部分叙述与20岁坐公交车在一个异乡城市做家教的我有某种程度的相像。

余华作品的简洁、耐读，很容易让人陷入阅读的畅快之中。而我更因有海盐同乡这一层关系，常常在余华作品中捕捉到"海盐的影子"，《在细雨中呼喊》中孙光林去往的"孙荡"（即沈荡），以及开篇与结尾的"南门"，《许三观卖血记》最后一章中许三观一遍又一遍走过的"五星桥""天宁寺"，《西北风呼啸的中午》中"我"所住的"虹桥新村26号3室"，《死亡叙述》中卡车司机看到的路标"千亩荡六十公里"，《我胆小如鼠》中杨高走过的"向阳桥"，等等，都是海盐至今仍在使用的地名。余华的作品中融入了大量海盐的地名，一则使海盐的地名借文学的力量趋近永恒了，二则让海盐读者在阅读的过程中几乎将故事背景假想在海盐这片大地上了，作品中的人物自然而然也便带上了海盐人的气质。

后来我又读了余华的长篇小说《活着》《兄弟》，大学毕业那个月是2013年6月，当月正逢余华第五部长篇小说《第七天》出版，随即很快也读完了。作为海盐读者，我即便有所准备，在阅读余华作品的过程中，依然一次又一次不可遏止地流下感动的泪水，也为他叙述中的暴力与杀戮所震惊战栗，时隔多年重读《命中注定》依然因汪家旧宅中的离奇命案错愕不已。在感动与惊讶之间，多年以来，我反复读余华，不仅读他的作品，也关注他的演讲、访谈以及相关新闻，还常常听爱好文学的海盐前辈说起余华，几十年来他一直是海盐文学圈子里的高频词汇。阅读余华，成了我的一种习惯。

2015年10月23日，我在海盐县城的萃古堂第一次见到余华。那天晚上已近10点，朋友电话告诉我："余华在萃古堂，速来。"我家与萃古堂相距不过10分钟车程，随即前去。汽车飞驰在秦山大道上，脑海中闪回过去多年阅读余华的画面，在上大学时去做家教的公交车上，在无数个研读余华作品的夜里，在洋洋洒洒的论文撰写中，在海盐张元济图书馆、紫云茶院、友茗檀、嘉兴悦读书房的文艺讲座中，在我的个人微信公众号"和平路口"的长期推送里，余华和他的作品一直存在，他之于海盐人，早已是一个不可忽视的文化符号。而我去萃古堂，会经过"南门""虹桥新村"，这些地名也早已成为余华作品中的文学地标。步入萃古堂，海盐县作家协会主席吴松良先生等众多文友已坐在余华旁边，聊着曾经在海盐的相见以及许多文学往事，氛围轻松活泼，似老友重逢。签名与合影是肯定的，偶尔抛出几个问题请余华回答，更多时候我是在旁边聆听着。我突然想起了30多年前，余华还是20多岁的年轻小伙，常常在"虹桥新村26号3室"与当年的海盐文学爱好者彻夜长谈。30多年来的时光，余华凭借着写作天才与刻苦奋斗，真正做到了"海盐之外有嘉兴，嘉兴之外有浙江，浙江之外有中国，中国之外有世界"，成了海盐的文化荣光。当在外闯荡的海盐人碰到需要介绍家乡的场合时，大家常常会列出几个出自海盐的知名人物，比如"出版巨擘"张元济、"三毛之父"张乐平、"改革先锋"步鑫生，如今"先锋作家"余华必然也在列。

这些年来，余华回乡的频率更高了。我是余华的读者，也是地方报社的记者、编辑，与之见面的机会自然就多了起来，多年下来也便积累了一些与之相关的文字。2019年，《余华与海盐》被列为海盐县文化精品工程重点项目，我这些阅读余华及其作品的文字才有了与读者见面的机会，今将这些文字整理出版，与读者共同分享余华在海盐的成长故事、余华作品与海盐之关系等内容。对我而言，阅读余华，是一段"温暖和百感交集的旅程"，这本小书不是结束，是开始。

此书能够出版，要感谢余华先生提供个人简历和作品出版目录等，感谢余华的哥哥华旭先生拨冗带领我走访旧居并讲述，感谢我的大学老师孙良好教授、海盐县文联主席林周良先生费心作序，感谢海盐县人大常委会副主任马小平先生给予指导帮助，感谢余华的中学老师何成穆先生、陈宁安先生接受采访，感谢海盐县文化馆杨学军先生提供早期《海盐文艺》刊物素材供参考，还要感谢杨自强先生、陆忠祥先生、田林华先生、曹秀明先生、吴松良先生、叶生华先生、沈秀红女士、陆卫华女士、姜全英女士、夏晨辉先生、顾雪琴女士、万胜龙先生、金伟玉女士、黄培树先生和周承拉先生给予关心和鼓励。最后，要感谢我的妻子、我的父母，在我的写作道路上给予爱和支持。

2020年8月15日于海盐